可 以 有 诗

龟兹明镜

吉尔 著

浙江文艺出版社

图书在版编目(CIP)数据

龟兹明镜 / 吉尔著. -- 杭州：浙江文艺出版社，2025.8. -- ISBN 978-7-5339-7924-9

Ⅰ．I227

中国国家版本馆CIP数据核字第20251428ZW号

策划统筹	曹元勇
责任编辑	苏牧晴　张苇杭
校　　对	李子涵
营销编辑	耿德加　胡凤凡
责任印制	吴春娟
封面摄影	韩栓柱
封面设计	道辙 at Compus Studio
数字编辑	姜梦冉　诸婧琦

龟兹明镜

吉尔　著

出版发行	浙江文艺出版社
地　　址	杭州市环城北路177号
邮　　编	310003
电　　话	0571-85176953(总编办)
	0571-85152727(市场部)
印　　刷	上海盛通时代印刷有限公司
开　　本	850毫米×1120毫米　1/32
字　　数	40千字
印　　张	7.5
插　　页	8
版　　次	2025年8月第1版
印　　次	2025年8月第1次印刷
书　　号	ISBN 978-7-5339-7924-9
定　　价	68.00元(精装)

版权所有　侵权必究

吉尔（左）走访阿艾炼铁遗址

吉尔在苏巴什佛寺遗址（摄影：郭建将）

吉尔(左)走访铜器制作技艺传承人(摄影:郭建将)

库木吐喇石窟新2窟壁画（供图：克孜尔石窟研究所）

库木吐喇石窟79窟壁画（供图：克孜尔石窟研究所）

克孜尔石窟群（供图：克孜尔石窟研究所）

楼兰遗址（摄影：韩栓柱）

罗布泊（摄影：韩栓柱）

冬日独库公路（供图：库车市文旅局）

塔里木河（摄影：韩栓柱）

库车大峡谷（供图：库车市文旅局）

雅丹地貌（供图：库车市文旅局）

自　序

2021年，我的脚步重新遍及这片大地的村村落落，这是我离开记者岗位六年后再次对库车的精神回归，用一个作家一个诗人的目光重新审视这片大地。那时我着迷于神奇的手艺，那些在作坊里一代代口口相传的技艺和默默传承的过程，它们有的因势而生，有的濒临消失。也正是在那样的寻访中，我内心经历着种种感慨和遗憾。在土陶人即将搬离的做了半辈子陶器的院子里，听他讲七代制陶人的故事和一个家族因为制陶业的兴衰起伏跌宕的往事。钻进一家又一家做土肥皂的作坊，在结着蜘蛛网的屋顶下哈着腰，却一不小心与蛛网撞个满面。白炽灯泡下，一对中年夫妇在天衣无缝的配合中从事着这个地方最古老的手艺——土肥皂制作，他们在棉籽油的炼渣中加入土碱熬制三遍，用模具扣出最传统的疙瘩皂；在仅存的几户做土肥皂的人家中，一位年轻的传承人为熬制出像香皂一样光滑的土肥皂，把家里能用的锅全烧成了废铁。红铜制作传承人家里一只三百年的水壶记录着祖辈们在技艺上的卓越；然而，父辈们用面粉和羊毛加入北山的矿土自制百炼不化的炼铜锅，我们可能再也不知道那是一种怎样的矿土。把一根马鞭挂在门上卖了半年还没有卖出去的马具制作人为即将丢失的手艺落泪，库房里落满灰土、锈迹斑斑的工具和几卷做剩的皮子在他哽咽的讲述中，诉说着这里曾有过一项兴盛的手艺；即便父辈们给他留下了沿街五个店面的出租房，足够丰衣足食，他也无法接受祖祖辈辈的手艺在他这里画上句号。

于时下看，记录和讲述他们的故事远不如写下其他的文本更为动人，而这样的记录却是那样重要、不可或缺。我们太容易接受消失了，然而任何一种消失又是那样符合时代的发展，在很多年后的未来，我们的儿孙大概不会知道曾有那么一项手艺存在过，走过的街曾是那样的风貌。我们多么擅长忘记，擅长幸福，而不擅长忧伤。在很长一段时间我成了艺人们的"口舌"，也成为他们信赖的汉族丫头。在齐满镇巴扎，忽然从身后蒙住我眼睛的是跳顶碗盘子舞的传承人努尔萨罕·巴哈吾东大姐；在热斯坦街一把把我搂在怀里，用脸颊贴着我的脸颊的是民歌传承人海力切木·铁木尔大姐；每次路过龟兹古渡都说"来我店里坐一会"的是三代人卖花茶的吐地·艾可木大叔；靠炸馓子养家糊口的是斯皮艳木·衣明大婶。

2022年1月，寒冷还紧紧裹着这片大地，我和当地的一位文物专家在一处古建筑里用手电筒寻找着建筑纹饰和窗棂中的中华元素。从未生过火的古建筑里阴冷、冰凉，摄影师的相机几次被冻住，不得不拿到一边看护员住的房间用火炉烤热。寒冷和陌生的工作领域使我们的工作进度变得缓慢，就在手电筒缓缓移动的光中，我被深深地吸引，无法想象是怎样的巧手在近3000平方米的建筑顶部，一笔一笔绘制出如此精美的图案。屋顶、廊柱、雀替、藻井、垂花柱头丰富的纹饰和色调令人惊叹，梁与柱间的祥云木构件，使留白得到恰好的美化，美好而吉祥的寓意让人总是心生善良。莲花云纹、牡丹、万字（卍）纹、灯笼纹、祥云、如意云头栩栩如生，每一笔线条色彩都做到了精致饱满，与独具本土民族特色的巴旦木花、石榴花、花草纹饰、几何图形、线条构成的纹饰相辅相成，形成璀璨的艺术殿堂。

建筑不说话却从未停止絮语。当夕阳恰好斜打在窗户上，地面灰砖上的光影有坚冰瞬间碎开的破冰之美，密植的纹路看似无一规则，却是一种千变万化的自然裂纹，那般自然和谐，犹如人生的坚冰就要消融，更像我在写作的瓶颈期，那瞬息间破土而生的突破感；厚厚的坚冰在大地回春、万物复苏时消融，那些美好的、如意的愿望终将实现。一扇套方图案的窗棂映入眼帘，正方形东南西北四个角上套着另外的正方形，总让人想起我们做人的方方正正，寓意了正直、吉祥，形正心正。还有那代表了绵延不断、家族兴旺、世代相传美好祈愿的盘长，绳结连绵不断，没有开头和结尾，贯彻天地、心物合一。

追溯窗棂文化的起源，历史那般久远，谁又能真的透过一扇窗子，在历史的长廊中找到自己。在时疏时密的光影中，我们依然寻找着那扇窗子。在秦始皇兵马俑博物馆，有一件堪称镇馆之宝的"铜车马"，这件文物上的斜网格纹图案为窗棂注入了青铜"不朽"的实证，网格纹在秦或者更早已为建筑注入了形而上的美学。

从汉至唐的千余年中，可以看出直棂窗或破子棂窗是最通用的花窗。不难理解，那些象征着中原窗棂文化的万字纹、套方、工字纹、冰裂纹、菱格纹等在库车古建筑门窗艺术中淋漓尽致的体现，正是一部古老的中原文化随着张骞凿空的脚步源远流长，在库车大地上盛行的"史料"。

在库车老城有一处叫科克其买力的民居，古色古香，一楼顶部绘着中原风格的图案，天花顶上内四角各有一太极八卦图，北部偏中有一五福捧寿图，与墙壁四周的吊顶花边上的牡丹、荷花、桃花等相得益彰，透露着"道法自然、无为而治"，与自然和谐相处的道家智慧。二层屋顶柱架采用起脊式江南风格，雕花窗格上是传统的套方、龟背纹，当这种江南建筑风格跨过漫漫丝路来到少雨的库车，矗立于风沙中，总让人想起丝路上往来的驼队和长笛声。

在长期的交往、交流、交融中，这里的古建筑融合了本土建筑风格、中原建筑风格和欧洲建筑风格，形成了兼容并蓄的混合式风格，成为各民族千百年来相濡以沫、唇齿相依的浓浓深情的见证。就古民居而言，库车老城现存的 102 处庞杂而丰富的建筑带给我们的惊喜足以令人咂舌。

我一直生活在这片大地上,四岁从吉木萨尔随父母迁移至此,却从来没有像现在这样着迷于它。我踏上了更深远的在库车寻访遗址古迹之路。之所以说深远,是因为全身心地接近,不是所有去过的地方我们都真正去过。在更为广阔的历史空间,我重新认识着不止一次到达过的地方,也重新认知着自己,越来越感觉到某种命运的东西逐渐清晰,也越来越明白我是被这片大地不断地甄选"加持"的那个人,这是与母亲的脐带断开后在成年重建的精神脐带。

从和我同行的文物专家秋玲女士那里获悉,在库车这片大地上各级文物保护单位有 180 处 202 个点,涵盖了古遗址、古墓葬、古建筑、石窟寺及石刻,以及近现代重要史迹、代表性建筑等多个类别。

那些像珠贝一样散落在大地上的文化遗存、文物遗址是历史长河中最璀璨的行星,他们从来都没有间断过和时空的对话,每一处文物遗址、每一件文物从未停止言说;如果没有他们,我们或许不会明白历史的浩大和波澜壮阔。一支九千年前的贾湖骨笛[1],让我们知道了文明的先声,它来自白鹤之骨;一只西周祭器何尊告诉我们,早在三千年前,祖先就

---

1 贾湖骨笛,距今约七千八百到九千年,用鹤类尺骨制成,是中国考古发现的最早的乐器。

给我们脚下这片神州土地，写上了"宅兹中国"[2]。

文明观、历史观的构建也正是内心的重新构建，对于一个走在历史长河中的人，抑或肯把自己放在历史长河中看待的人，还有什么比内心的信念更重要。

2022年8月，我们来到北山冶炼遗址，10余处冶炼遗址星罗棋布，分布在山坡、山脚，随处可见陶风管、陶片。在去看阿艾炼铁遗址的早上，秋玲女士正在忍受腰椎间盘突出的病痛，因为山体较高，我和看护员艾克帕尔爬上了山顶。伴随着晨光我伸开手臂晃动着手中的防晒服，向在山坡下等我们的秋玲女士传递信号。看着一层又一层的炼渣铺满连绵不断的山体，在最高点目睹阿艾炼铁遗址21万平方米目光可及之处，不得不感叹《水经注》引《释氏西域记》所记载的："屈茨北二百里有山，夜则火光，昼日但烟，人取此山石炭，冶此山铁，恒充三十六国用。"在占地面积达6.5万平方米的可可沙炼铁遗址，一排排挖在地下的炼炉一字排开，层层推进，目光所及皆为感动，思想所及皆为古人的思想。那冶炼的人呢？那埋骨边疆的忠魂呢？踏在炼渣上的每一步都能听到历史的回声，不自觉地泪流满面。不一睹这浩大的场面，怎知历史远比我们想象的感人。《汉书·西域传》记载："龟兹国能铸冶。"在历史上龟兹的冶炼、铸造等曾得到

---

[2] "中国"一词最早出现在国宝级青铜器何尊的铭文中。

空前发展，所冶炼的铜铁供西域36个城邦国使用。我们走过一处又一处遗址，被这浩大的历史感和沧桑感推动着，我"捧着一节陶风管哭了起来/内心空茫，却说不出理由/在6.5万平方米的冶炼遗址上/黑色的炼渣铺满山坡，像散落的骨头"。这些遗址年代早至汉代，晚至清代，浩浩荡荡，在苍苍莽莽的荒野上一处挨着一处。"这浩大的场景被时间推动着/发出火焰的声音，我触摸着炼炉烧红的内壁/那些熄灭的火，冶炼着长风/又一次照亮了山谷。"

在库车城境内的龟兹故城，被风蚀过的城墙如同废墟，它辉煌的过往历历在目；从公元三世纪到公元十三世纪，足足经历了一千年的风华正茂在长风和残垣断壁间若隐若现。它是汉时的延城，唐代的伊逻卢城。公元七世纪中叶，大唐高僧玄奘西行求法取经时在《大唐西域记》中记载："屈支国东西千余里，南北六百余里。国大都城周十七八里。宜穈麦，有粳稻，出蒲萄、石榴，多梨、奈、桃、杏。土产黄金、铜、铁、铅、锡。气序和，风俗质。文字取则印度，粗有改变。管弦伎乐，特善诸国。"《晋书》记载："龟兹国……俗有城郭，其城三重，中有佛塔庙千所。……王宫壮丽，焕若神居。"1958年3月，考古学家黄文弼先生第四次前来新疆考察，在库车考察期间，对龟兹故城内的哈拉墩遗址进行考古发掘，发现龟兹故城文化分为早晚两期：早期文化层及遗物源自新石器时代后期，其下限到汉代；晚期文化层出土的多为唐代遗物。站在遗址旁，一脚就踏入了汉唐，一步就触摸到新石器时代的气息。

就像有一位老者，身着青色的长衫，手持包浆的青铜，渐行渐远。地上散落的陶片上还留着古代的月光，残缺的织锦和竹简上岁月如烟，是否"风干的种子里一定有万顷良田，遗落的骨片里一定有古人的思想"？

"如今，那钻木取火的人呢？那铸铜的蓝火呢？那来往于烽燧和哈拉墩遗址之间的老马呢？"

我写下这本诗集，让无数次的叩问得到"归宿"和"圆满"，然而，我依然在行走的漫长路上。

希望手持这本诗集的人，如同手持一片大地的"经卷"，被深深祝福和爱！

希望她是风景的明镜，是历史和时间的明镜，也是照亮我们内心的明镜！

2025 年 1 月 16 日
吉尔　于库车

目录

第一辑　古道长吟

哈拉墩遗址	*003*
可可沙冶炼遗址	*004*
那些陌生的光	*005*
库木吐喇	*006*
乌什喀特古城	*007*
通古斯巴什古城	*008*
博物馆叙事	*009*
见证	*010*
地球之耳	*011*
石头	*013*
迷迭香	*014*
在人间	*015*
白桦林	*017*
老者	*018*

喀拉喀什河	*019*
时光之镜	*021*
长寿老人	*023*
渭干河	*025*
台特玛湖	*026*
破晓	*028*
羽化	*029*
阿艾古城	*030*
伏牛山	*031*
读塞萨尔·巴列霍	*032*
约定	*034*
德水	*035*
我的母亲	*036*
余生	*037*
山楂林	*038*
在库车唐王城	*040*
龟兹故城	*041*
克孜尔	*043*
流沙简	*045*
西夏王陵	*047*
贺兰山	*048*

第二辑　山河月明

父亲的红鬃马	051
雪	053
小姨	054
祖父	055
搬迁	056
家书	057
一封信	059
托木尔峰	060
白马河	061
叶尔羌河	062
南湖水	064
南湖之镜	065
未完成的诗	066
给佩索阿的信	067
冰块	068
暴风将至	069
从未停止	070
我是个不善于离别的人	071
朝向圣洁的一面	073

九鲤仙梦	*074*
北庭叙事	*076*
小河墓地	*078*
小河公主	*080*
塔克拉玛干断章	*082*
遥远的楼兰	*084*
细君公主	*086*
加依村	*088*
夜宿安西都护府	*089*
克孜尔尕哈烽燧	*090*
雪域	*092*
最小的野花也修补过一座大山	*093*

第三辑 吉光片羽

乌尔禾	*097*
黑油山	*099*
风城行记	*100*
青克斯山	*102*
六月,克拉玛依	*103*
雨	*104*
卖葡萄干的人	*105*

我们的事情	*106*
叫泉子街的地方	*107*
雪下了一个冬天	*108*
冰草	*109*
风滚草	*110*
芦苇	*112*
野枸杞	*114*
铃铛刺	*115*
红柳	*116*
我认识的草	*118*
1998 年	*120*
缆桥	*122*
晨曦	*123*
湍河水	*125*
从南阳到襄阳的高铁上	*127*
酥油灯影	*128*
一米阳光	*130*
云层之上	*132*
别青格里	*133*
最后的邮落	*135*
遇见奥普坎	*136*

塔河部落	*137*
麦垛上的月亮	*138*
鹤壁书简	*140*
淇水	*141*
许穆夫人	*143*
沈园	*144*

第四辑　龟兹明镜

龟兹断想	*147*
巴颜喀拉山	*156*
牧草比任何时候都葱郁	*157*
阿格河谷	*158*
草原孩子	*159*
如果月亮没有听到	*160*
牧草一遍遍亲吻手掌	*161*
柴仁草场	*162*
秘境	*163*
在小月河看花落	*164*
祖训	*165*
闰二月	*166*
电话里	*167*

老木匠	*168*
杏花开过了河岸	*169*
大地之诗	*170*
还有什么可以献给你？	*171*
我们将去向哪里？	*173*
半夜诗	*175*
诘问	*177*
月亮从心底升起	*178*
草木	*179*
龟兹鼓	*180*
龟兹女儿	*182*
神木园	*184*
红山石林	*186*
冥想	*188*
龟兹铜书	*189*
青河巨石堆遗址	*195*
荡口古镇	*202*
谣曲	*205*
五粮曲子	*209*
龟兹明镜（后记）	*216*

第一辑
古道长吟

哈拉墩遗址

我始终认为,有一位老者
手持包浆的青铜
一定有青色的长衫,陶片上还
留着古代的月光
一定有残缺的织锦和竹简

风干的种子里一定有万顷良田
遗落的骨片里一定有古人的思想

如今,那钻木取火的人呢?
那铸铜的蓝火呢?
那来往于烽燧和哈拉墩遗址之间的老马呢?

如今它是一片时间的废墟
仿佛我们都是被新石器时代遗留下来的

可可沙冶炼遗址[1]

在可可沙冶炼遗址
我捧着一节陶风管哭了起来
内心空茫,却说不出理由
在 6.5 万平方米的冶炼遗址上
黑色的炼渣铺满山坡,像时间的骨头
废弃的炼炉,一尊挨着一尊
这浩大的场景被风推动着
发出火焰的声音

史书上说,这一带汉时昼夜明火
冶炼的铜铁足够西域 36 个城邦国使用
我触摸着炼炉烧红的内壁
那些熄灭的火,冶炼着长风
又一次照亮了山谷

---

1 可可沙冶炼遗址,位于库车市阿格乡,是古代龟兹地区的重要冶铁遗址。古龟兹曾是西域的冶炼中心。

那些陌生的光

在城边古宅
一束光,使我停了下来
忽然上升的是前所未有的肃穆和宁静

我像是闯入某种神圣,仿佛那逝去的神思还在
那被时间掏空的又回到时间
墙边太阳花,像是一直开在那里

我掸起石柱上的灰尘,它们曾
经过多少人,而斑驳的木门
又停着多少秋风和悲痛
那些灰砖,枯败的雕花,仅仅一个转身
错过了多少时空

这个下午,我为什么会来到这里
又是什么先于我到达,就像身体里
那些陌生的光

库木吐喇[1]

请赞美一截枯骨
九万个灵魂在此恸哭
请赞美一块残石,它带着众山的体温滑入谷底
请赞美幸存的水域,养活飞翔的鱼群
请赞美绝壁上的洞窟,生生不息的思想
请赞美山脊上的一株植物,绿色身体里
藏着时光之火

请赞美残崖上缀结着苦难果实的野西瓜
已修成正果
请赞美永生永世停在山顶的云

我要找寻的人,比我早到了一千九百年
我要遇到的人,是和我一起走入库木吐喇的人

---

[1] 库木吐喇石窟,位于库车市以西,始建于公元五世纪,石窟艺术融合了龟兹风、汉风、回鹘风三种风格。

乌什喀特古城[1]

不仅仅是残垣峭壁
还有寂静的枯骨,那人留在古城的叹嘘!

乌什喀特古城空了,成了一座星空
远处,风
踏出了嘚嘚的马蹄声

---

[1] 乌什喀特古城,位于塔里木盆地北缘新和县境内,曾发掘出土汉归义羌长印。

通古斯巴什古城[1]

站在通古斯巴什古城的不是我
是被风吹弯的旷古,草木的低吟

此时停在天际的是湮没的马群
被一片白云托起的悲壮

大风吹空了过往
城墙下
古人留下的种子在默默发芽

通古斯巴什古城
那塌陷的城池,夯土,废墟,残片
茂密的红柳丛和野葵花……那被时间推倒的
被落日一再扶起

---

[1] 通古斯巴什古城,位于新和县境内,其名意为"九城之首",是新疆境内现存唐代最完整的军事戍堡和屯田遗址之一。

博物馆叙事

孔雀尾纹缂毛残片,浮想——
色彩缤纷!
它的主人被风吹走了
铁矢锈迹仿若残缺的手纹

看看历史,会放下一些事
比方寂灭——

陶罐闪着考古学的光
在博物馆巨大的寂静中
认领一枚汉归义羌长印复制品
我们,是另一些复制品

走出博物馆的门
有人把自己留在了陈列架上

见　证

请容许我
为两副手骨相扣的尸骨
写下铭文
他们用两千年不曾走失的爱
打扫墓顶的尘埃
熟睡的人，你是谁？骨头上的象形字，牙齿
和头发上的年龄

我们猜测他们的身份，散落的陶片
古钱币。服饰上的璎珞在暗暗发光
两千年，他们重回人世
仿佛还眷念走失的记忆

这是龟兹博物馆出土的汉代夫妻墓葬
他们的骨架还是熟睡的样子，手骨相扣
在两千年的时间里从未想过放手

地球之耳

还在倾听荒凉的声音吗?
罗布泊,枯死过多少流沙、飞鸟的骨头
在它洪荒的耳廓,晾干了多少灵魂

仿佛地球内部,不为人知的秘密
一个叫斯文·赫定的人
擦去竹简上的灰尘
就像擦去楼兰古城器皿上的体温
被沙子洗净的白骨,分不清
谁是盗墓者,谁是墓主

一只地球苍凉的耳朵曾听到什么
它干涸的耳蜗,又深埋了什么
如果我,参透了一个谜底
会不会,身陷秘密的耳垂
——再也不用去想:时间和永恒

罗布淖尔[1]，地球失聪的耳朵
白色的大气
运来一座漂移的海市蜃楼

---

[1] 罗布淖尔，即罗布泊，由于形状宛如人耳，被誉为"地球之耳"，又被称作"死亡之海"。

石　头

在昆仑山，那个坐在我对面的男人
一直吹着一把褐色的笛子
哀婉而苍凉
像是风附在山壁上，低声呜咽

他卷起笛子中的长风
线团一样收进包里

压低的帽檐下，他讲起民谣
孤独和酒精
火将他的脸和头发照成红色

他堆起玛尼堆，捧起一块白色的石头
放在额头，默念
他把它放在玛尼堆顶时
我忽然有些心动
就像我的灵魂在他的石头里

迷迭香

那个夏天,我把一束干迷迭香
插入蓝色的空酒瓶
放在书桌的右边
移到书桌的左边,就这样
来回移动。没有人知道
我用水眷养一个
虚无的爱人

我沉迷迷迭香的麻醉
在浩荡的植物香中,迷恋
你嘴唇上的黎明

窗外的玉兰谢了,槐花开了
鸟鸣也在更迭
我还坐在窗前,等迷迭香的叶子返青
像在沙尘中
等那些绝望的黄昏,枯萎的花朵
抽出干枯的时间

在人间

你梦到我时
我失踪在你的梦里

人世浩荡,你只能抱住一怀秋风
生活的瓦片堆满清晨,像一面
疼痛的镜子
(我们交换灵魂,我们跳进深渊)
天山的雪莲开了
我在隘口喊你,喊一次
隘口就窄一寸,喊一次
山就陡峭一次

守山的老人说,心空了,就会住进风
它填满一副又一副骨头。他说
昆仑山是人用风寒堆起来的
我知道,说一次念你
就伤你一次,说一次爱你

就负你一次

这一生,我们都在辜负时间
我也试着想
如果我们什么都不顾,人间能不能原谅
可守山的老人说,昆仑山装满风霜
从来不移,也不喊痛

白桦林

我闻到桦木的味道,仿佛多年前
深秋的浆果落在潮湿的草地上
还有马粪的味道

那时,遇到一只奇异的鸟
或者一只花斑鹿,我们一点也不意外
我们听着树叶的声音
斑鸠飞过……尽管放慢了脚步
还是惊动了十七匹马的睡眠

我反复数着,那是十五匹大马
两匹幼马,我为这清一色的红棕色而感动
没有一匹马是其他颜色
十七匹马光亮的皮毛在闪闪发光

老　者

在北山，我见过沧桑的石头
像一位老者，风霜布满了他的一生
我反复看着，我们怎么会如此熟悉
朝向风的一面

为什么我在他身上感到了理解
伟大的懂得
那样清晰，被一种熟知的气息包围
尽管他和山体连在一起
我依然相信，他在夜晚走动

尽管他来自 1.4 亿年前白垩纪
我依然相信，我们有着
某种联系

喀拉喀什河[1]

那踮起脚尖一再接受闪电的是
喀拉喀什河两岸的芦苇
那用尽一生盘亘流沙的是昆仑山脚下的三芒草
那吹动灵魂的是用鹤做的骨笛

喀拉喀什河,要噙住多少月光才能
喂养一条墨玉之魂?
流水要用去多少缘分,才能见到石头开花
在世间,我们都是有执念的人

你看,月亮被流放了亿万年
还在喀拉喀什河的上空
喀喇昆仑山的冰雪
谁也不知道在峰顶待了多少年

---

1 喀拉喀什河,和田河的上游,又名墨玉河。

我回到喀拉喀什河,岸边磨玉的人
终有一天
要把自己磨成玉粉,而转山的人
把自己立成了喀喇昆仑山的石头

喀拉喀什河,一生不长不短
白鹭飞过,那是枯水开出的雪莲

时光之镜

这里的长寿老人说
胡杨是西王母种在人间的星辰
在众多的胡杨树中
找到一双并蒂叶
就能把秋风挂在叶尔羌河
提孜那甫河漂洗
就能洗出一粒粒金沙，就能听到
沙漏转动

我一定是误入了时光之镜
漫卷的飞叶，是不是从庄周梦蝶里
飞出的蝴蝶？
而苍老的树皮，没有时间

此时，谁站在漂着金子的河边
谁就能看见远逝的岁月

看见时光大河中鱼雁飞翔
一生中那些悲痛的事情
都已成为静谧的过往

长寿老人

终于看到那片
擦拭昆仑山的云了
那时,我坐在泽普的法桐街上
那些耗尽大把时光的长寿老人
都是活成神仙的人

连皱纹里的老年斑
都在像浮尘一样脱落。她实在太老了
还是她不再老下去了
一个记忆比提孜那甫河还要长的老人
把身体里的风霜养成夯土
把记忆一遍一遍地倒进河里

她已经快记不起他的样子了
她把他眷养在核桃中,每年拿出来一次
"他是喀拉喀什河挖玉石的人"

我在看那片
擦拭昆仑山的云时
她也在看。坐在漫飞的黄叶间
她越来越亮的眼睛
像是嵌进比昆仑山更古老的石头里

渭干河[1]

没有比流水更动人的声音了

此时,一个把涛声听进内心的人
比河底的石头还静默

渭干河……与最荒凉的词和最葱郁的词在一起
我因为你……而懂得似水流年
也因为你……而懂得上善若水

清风点亮了沿岸的杨柳
良田运来春雨的好消息
渭干河,落日晒干的草场在静静返青
野马咀嚼着甘草回到湿地
一生,我遇到过两条河
一条是人间的渭干河,一条是天上的银河

---

1 渭干河,天山南麓三大河流之一,史称"西川水""白马河",与库车河共同养育了龟兹文化。

台特玛湖[1]

那些水消失的时候,我不在
那些水回来的时候,我不在
月亮升起的时候我不在

台特玛湖孤独的时候我不在
台特玛湖喧嚣的时候我不在

在台特玛湖,我被一只孤雁认领的时候
我不在

额日古那说,台特玛湖的水去了天际
他把羊群不停地往天边赶
有一次,天黑时他把羊群赶到了天边
可天亮时
又被送回了台特玛湖

---

1 台特玛湖,塔里木河和车尔臣河的尾闾湖泊。

额日古那还说,台特玛湖
是塔里木河的尽头
我没有看见台特玛湖消失的地方
只看见无边无际的水向天际流
仿佛我已经朝天边走了很多年

破　晓

在台特玛湖
我还是习惯朝向静默的一面
还是沉迷破晓前的一瞬

那是很多年前，我们迎着寒风
去台特玛湖看日出
夜晚的草原移动着牛群
马匹或绵羊的影子
我努力分辨它们移动的方向

直到光
像一面巨大的镜子照过来
我看见，万物生的力量
从大地缓缓升起
那是我第一次感受到
万物喷薄
仿佛我们也携着光在缓缓降临

羽 化

再次来看冰时
它已经融化了一半

楼群的影子一半在水上
一半在冰上
在此之前,我曾多次
通过冰面走向对岸

在芦苇丛中久久站立
仿佛童年时我就在那里站过
小巧的身影还留在那里

很多次我像是带走了她
可她总是不停地回到原处

阿艾古城[1]

从一块岩石到一块炼渣
要经历怎样的刀耕火种
两千年后,站在阿艾古城的我
如散落的古陶
任荒凉的风呜呜地吹醒

我已是古道上无法破译的文字
此刻,犹如被滚滚风沙
放牧的游子
更像埋骨边塞的将士

那是公元 2021 年,我来时
雨正落在残破的城墙上
驼队仿佛刚刚离开

---

1 阿艾古城,位于库车市境内却勒塔格山区中,东面紧邻库车河。古城东南角、西北角有角楼遗迹,北墙外筑马面,为汉唐时期遗址。

伏牛山

你说这一路八百里,起伏的伏牛山
每一次伏身都是想起了一个人
我来时,雨水如梭
你说的楸树花开了

车穿过雨幕,像一只湿漉漉的燕子
到了四棵树服务区,雨停了
我看见你说的升腾,但我说不清
那是一种怎样的澄明
仿佛来自伏牛山内部

我分明感觉到,她在伏牛山隐没
向我接近,从天山南麓到南阳
这三千多公里的相遇
仿佛等了许多年

读塞萨尔·巴列霍

这是塞萨尔·巴列霍的雨
时间舔着伤口，落在我身边时
没有界限
这是塞萨尔·巴列霍的雨
忧伤赞美着星期四

我们在星期四去听大提琴
去马场
看一匹黑色的幼马
为它佩戴装饰的马鞍

雨透过屋顶的缝隙
我们互相原谅，突兀和荒唐
在月亮下接吻
去最远的镇子
领养一群蜜蜂，运回蜂箱
和酿蜜人的手艺

穿过塞萨尔·巴列霍的雨
驯鹿场和养蜂人的花园
穿过词语的分界线,那里没有界碑

约 定

我们决定去看佑宁寺的活佛
他的眼睛可以看到前世,也能看见来生
我怕他看到我羽翼扑动,成为一只大鸟
怕他说出来世,我们还要错过相见

那天,在东川水
我们说到故乡的月亮
离世的亲人从月光里回来
他们也有一双佛的眼睛

那天,我们的影子被河水一遍遍冲洗
像两块在水底打坐的石头

德 水

这是一块没有人的冰地
四周环绕着芦苇,没有人知道
此刻一个诗人久久地站在冰上
她想起了什么

这一生她路过多少叫不出名字的河流
浪涛翻涌,没有一条河流是相同的
这一生,她多想把自己活成天马行空的人
可尘埃一次次淹过喉咙

她分明感觉到
留在冰上的影子越来越薄
她不知道影子会不会如履薄冰
却忽然想起,留在钱塘江边的影子
留在洞庭湖的影子,留在额尔齐斯河的影子
却从未把影子留在德水

我的母亲

想起她,那么早离开
我们还承欢膝下,她大概没有遭受凄凉

她从不抱怨什么
即使捉襟见肘的日子,去二舅家借麦子
很多次
她用衣襟擦干眼泪,继续操持家务
在她生病卧床的三年中,我见她
静静望着屋顶发乌的椽子
不发出一点声响

我没有问过她
在想什么,我的母亲
像一株静默的麦子,走向秋天
把一生都不说的痛
丢在身后
我想,她大概没有遭受漫长的痛苦

余 生

想好了无牵挂,用白雪的思想去旅行
去爱走过的路,遇到人
他们的欢欣和悲苦,一只流浪猫的眼睛
想好了,两个人
一个是我,一个是我的影子

山楂林

一个下午都没有走到山楂林的尽头
红色的山楂果挂满枝条
我忘记了,我们说过什么
山楂果不时砸向大地

林间木屋散发木质的芳香
看林人说,这是刚刚盖好的木房子
木头的味道令人陶醉
纹理还流着浆液的气息

成串的山楂果间
蜜蜂飞舞,鸟儿一刻不停地叫着
我忘记了,我们说过什么

果子从树上砸下来……

那是边境的一个小县城

草甸、树林、散落的牛羊,像是从未被外界打扰
我们散发着原始的光
但我们将再也不会在同一片山楂林走过

在库车唐王城[1]

荒凉,苦苦撑着一个远征的朝代
如今,只剩一枚远征的月亮

碱草蔓上了残垣
废墟下,巡逻的火把熄灭了

唯思乡,浩荡,辽阔
如水波荡漾
隔着万里长风,一座长安城

异乡人,如果你在水中
捞起一枚走失的月亮
就把它安放在库车的草湖
送湮没的马群和将士回一次故乡
送荒凉一座粮仓

---

[1] 库车唐王城遗址,位于库车市塔里木乡英达雅村东约五千米的荒漠中,为古龟兹的军马饲养和军粮储存地。

龟兹故城[1]

王宫壮丽,焕若神居。
——《晋书》

那"其城三重"呢?
那"佛塔庙千所"呢?
一千年的繁华,一千年的跌宕
一千年的长河落日,我那一千年前的故人呢?

今昔何昔?何昔此昔?
只有万里长风辨认着我的脸庞
只有日出东方托起我凋零的记忆

公元一世纪,你凌风而立
万匹龟兹马踏雪奔驰

---

[1] 龟兹故城,位于库车市境内,始建于西汉,历经魏晋至唐代扩建巩固,是塔里木盆地最大的绿洲城邑。

万千伶人羽化飞天
公元十三世纪,你披风而去
百城化烛为影,百卷沉落烟尘

那汉时的延城呢?
那唐时的伊逻卢城呢?
那行走的大象呢?

我手持筒瓦残片,在龟兹故城
寻找前世的影子,此时
只有风和我像两个故人
只有风和我是遗落在故城的往事

克孜尔[1]

那时大地辽阔,时间苍茫
月亮是佛系的

那时人间慈悲,众生诵经
鸟叫、鹿鸣、虎啸都是悲悯的

那时悲苦的大地开满金黄的向日葵花
太阳普照众生的额头
来自东方的蒙古利亚人,西方的欧罗巴人
爱上龟兹的六瓣杏花
他们的信仰有着水一样的天赋
因此感化了石头

在克孜尔千佛洞

---

[1] 克孜尔石窟,龟兹石窟中规模最大、开凿时代最早、保存壁画面积最大的石窟群,是中国石窟艺术的起始点。

一个戒掉嗔念的人
可以听到壁画里的诵经声
一个心诚的人,可以听到朝钟暮鼓
和佛祖的点化

以水为镜,可以照见干净的灵魂
时光和月亮一样慈悲

流沙简

我们再也不画长久的壁画
再也不写长久的题记
再也不凿像克孜尔,像敦煌,像莫高窟
那样的石窟,再也不会有另外的云冈
古人做过的事情
我们再也不做了

我们不停地寻找影子,从废墟中摘取玫瑰
在古人遗落的陶罐里
遇见粮食、美酒和灵魂
我们用现代科技
穿越长长的墓道,走过古人的生死

在另一个世界,看见穆天子、《山海经》
和无解的月亮
我们在石头上、龟背上、竹简上

找到祖先的手纹,在器铭里找到古人的思想
我们在流沙里寻找消失的文字
像寻找我们自己

西夏王陵

荞麦花啊为谁开过
野稻子啊为谁弯腰
王陵里睡着怎样的面容
洞孔中来往着怎样的生灵

雨水落进西夏的贺兰山
第一次,我怕失去一个人
第一次,一个人怕失去我
贺兰山的荞麦花开啊开
是谁把西夏的公主送回了玛曲草原
是谁在贺兰山下撒下胡麻籽

雨水淋湿的西夏
秋风吹过的西夏啊
谁的辉煌不是一阵风
谁的一生不是一座王陵

贺兰山

离开时
我问同行的人,我们见过贺兰山吗
他说,你身后站着的就是贺兰山
转身
就看见雨幕中的贺兰山
青稞摇啊摇

那天,雨水一刻也没有停
我看见隐居在天边的贺兰山
野荞麦花开啊开,一个赶路的人来过
她正去向另一个王朝
一个赶路的人把自己一次次留在路上

那么多蝴蝶,飞啊飞
那么多雨水,飘啊飘
谁的忧伤不是一座贺兰山

第二辑
山河月明

父亲的红鬃马

我担心再也写不出那样的秋天
再也遇不到那样整齐的红鬃马
那也是秋天,我们就要离开牧场了
马为我们带来山外的消息

那也是一匹红鬃马
枯黄的草场上还留着它疾风般的影子
整个秋天,父亲都在准备干草
整个冬天,我们都困在大雪里

父亲已经开始做离开牧场前的准备
但我不知道,我们要去哪里
站在屋后的山坡上
不停地哭

那一年我四岁,第一次在马眼里看见忧伤

母亲已经开始和牧民们告别
红鬃马被牵走的下午
一直在流泪

雪

在遥远的东北
我逝去的姑姑，走失在一场雪里
我从未向世人透露
两个姓氏之间的秘密

像一把洁白的盐
骤然而止的雪
落在嘎吱作响的雪上
谁是更遥远的雪

我在新疆的倒春寒里想起这一切
悲伤和我隔着一条黑龙江
我们之间的亲情，像一片广袤的冻土
我的父亲，从未向我说起
他的亲人

小 姨

我曾见过我的小姨,仅一次
红柳院墙围起的土块房中
炕桌上,那个坐在主位
烫着微卷发的漂亮女人

我穿着大姐缝制的花布衣
扎着乱蓬蓬的羊角辫
倔强地对上了她鄙夷的眼神
在贫穷筑起的卑微和骄傲中
忽然挺直了小小的脊背
孤傲像寒冷一样第一次注入我的脊髓

很多年,我眷养它,像眷养一道闪电
而那个我唤小姨的人,我忘记了她的模样
可我常常在镜子里,看到那个和她相似的人

祖 父

我从未见过我的祖父
遗传像一种意志
我如此倔强,昂起额头
像我的祖父

像我祖父的痛苦。他粗糙的手爬上火车
他闯过关东,在狭窄的工棚里
倔强地苍老
当我隔着一个时代写下他
在并不清晰的家谱中,曾有过的姓氏争议
已无从得知

数年后,几代人
像是被生生割断的草,我们远离祖籍
成为不再寻根问祖的人
我在南疆的春天想起这些
父辈们像融化的河流
我的祖父,正以新的身份走在人群中

搬　迁

我被银子一样的盐碱吸引着
用方口布鞋不停地踩着层层叠叠的亮片
脆脆的咔嚓声,像锋利的玻璃刺着母亲的心
我知道,她不喜欢这里

父亲一直沉默着,在昏黄的落日下
大口抽着莫合烟
我终于带着胆怯啼哭起来
含混地喊着"回家"
被父亲的眼神制止

我们,每个人都多了心事
像失去了家园、牛羊、一场接一场的雨
在泛着白碱的田里,泥土板结在一起
母亲在垂着叶子的葵花下
又一次哭出了声

家 书

那个在我户籍上留过二十年的地名
在我离开时我还没有写下什么

是的,我羞于说出什么
在支离破碎的文字里
我依然把人生过成了碎片。迁徙
是我一生的宿命

当我谦卑地写下它们,每一次辩解
都是一次耻辱
那个扎着羊角辫的女孩
她依然倔强,藐视嘴角上的虚荣

是的,我从未愧疚
从未让自己的灵魂弯曲,落满尘埃
我一次次走向塔克拉玛干腹地

如同敬仰
是的,我从未停止从枯燥的世俗抽出诗意
为忽然读懂的人

一封信

一大早,他们就收获了很多
一个空机油壶,一叠废纸壳
一袋矿泉水瓶
他们坐在路边的长椅上,整理清晨的果实
用一根小木棍抠去鞋底的泥泞

这对老人,认真地收获一个早晨
在很多人的睡眠中
坐在路边的长椅上,安静,默契
一个拍去一个身上的灰

人世已没有什么动荡
唐突的事情都放下了,如果大雪来临
就去雪里走走
回头,它们就成了过去,多好啊
在白茫茫的世界里,只有你和我
头发上落着雪

托木尔峰

闭上眼,就能摘一朵白云
循着雪豹的足迹
就能回到天山峡谷的冰河世纪

在托木尔峰亿万年的孤独里
有我的桀骜、谦逊和雪的品质
此刻,谁正在仰望
谁就是手捧孤月的人
谁就是怀揣苍山和水域的人

谁正披着大风的斗篷
带着马群穿过雪原,谁就用粗糙的大手
翻动时间枯草
谁在天山峡谷的褶皱里抚摸着冻土
谁就是到过宇宙边缘的人

谁正走在踽踽独行的路上
谁就拥有新的塔克拉玛干

白马河

白马河,流的可是汉唐的水
东风浩荡,吹绿了《诗经》中蒹葭
吹皱了河面上的丝绸

我借白马河的涛声,洗一面铜镜
那里,驶来汉唐的船队
《清平乐》抚平了多少人世沧海桑田
三千河水淹没的荣光、烟尘
如大梦一场,在时间的波澜上往返

白马河,别人都叫你渭干河
我还叫你白马河
我还站在今朝的白马河边
等霞光牵出一匹龟兹马

叶尔羌河

我们回到叶尔羌河岸,老牧人阿里木
正击打手中的石头[1]
那里,消失的涛声回到叶尔羌河

炭火中几只带皮的玉米
发出噼里啪啦的声音
老牧人说,人间有两条羌河,一条滔滔西去
一条睡在巨石里

他裹紧皮大衣,吹亮烟锅中的火
我们说到沙漠之门
风踮起脚尖从草叶走过
河对岸,几棵胡杨黑乎乎的身影

---

[1] 击石,两块石头在手掌中相击发出的音乐,是一种古老的维吾尔族民间音乐形式。

被风吹了过来

老牧人用力吸着烟锅,像是从衰老的身体
取出大风和火把

南湖[1]水

涛涛的东湖水流到南湖就变得安静下来
在这里,南湖不仅仅是南湖
荷花也不仅仅是荷花

遥远的天山雪水流淌了几亿年
到了南湖,水越来越亮
我知道,再也没有一条湖像南湖这样
带着落日的慈悲
再也没有一条湖像南湖这样
理解一个心痛的诗人

我已经在这里度过了二十年
而年轻的南湖却活过了我漫长的一生

---

1 南湖,指库车南湖。

南湖之镜

关于它的前身,一片碧绿的麦田
几间白墙的平房
各种营生的人,掀开油布一样的门帘
屋后浩荡的麦田
走过从未离开过故乡的人

做鞋的男人和擦鞋的女人来自南方
怀念和抱怨着同一个地方
弹网套的老李,总是帽檐低垂
用钵子弹动生计的弦

那时,烟囱和屋檐上落着鸽子和麻雀
在我和母亲的对话中
麦子又一次抽出麦穗
田埂边的两株杏树上斑鸠不停地赞美着人间

未完成的诗

这是一首未完成的诗

她写到,在余震的心悸中
忽然平静,晃动的房子
不知道地球会在哪里被扯开口子
写到幸存,他们爱着
"我想穿过大雪去看你"

写到慈悲的夜空,睡在肩上的孩子
大地还在震颤,像疼痛的产妇
那时她相信誓言,他是她最亲的人

她还没来得及穿过风雪去看他,还没来得及
写完一首诗,极端天气就来了
他们把自己留在了风雪中
像斯基泰人,把一生刻进了岩画

给佩索阿的信

我知道,我们会离开
这不是我们的世界,穿过银河
我们就会回到故乡
佩索阿说"我开始明白我自己。我不存在"

是的,这虚构的宇宙
我们多了人类的生离死别
要命的爱情和孤独
亲爱的佩索阿,他已经去了那里
他的思想早已大过了宇宙

但他留恋葡萄的酸甜,偶尔潜回园中
听生灵合奏,"它们也要去往那里"
白鸽飞过屋梁,像银棒敲击天空
当夜幕降临,金色的灵魂在河边跳舞
我们学会了遗忘

冰　块

这巨大的冰块就要消失了
我想起了马尔克斯
"见识冰块的那个遥远的下午"
那时，百年孤独刚刚开始
马尔克斯的钢笔吸足了墨水

巨大的冰块就要消失了
冰封的芦苇像是要得到解救
还没有一只天鹅飞来，我从冰上走过
冰面覆着刚刚融化的水

透过漏风的靴子，我知道
巨大的冰块就要消失了，像马孔多小镇的冰
它们将重新获得水的品行，而懂得流年
一部旷世经典，还未曾问世

暴风将至

大风到来之前,我们用水泥压好
废弃的铁架,对于一场不寻常的暴风
我和婆婆说起时,她回忆起一场十二级的大风
把镇子刮成一片混沌,那时她刚好是我的年龄

收起院子里所有可能刮起的物品时
她开始担心落地窗能否承受风力
我盘起悬在屋檐的电线,看天气预报中
风进入的方向,孩子在担心
悬挂在路两边的灯笼

"暴风幸好是这个时间来
如果在榆钱抽芽时,正是坐果子和
庄稼露土时……"婆婆说到农事时
我想起,那年庄稼种了三遍,学校里放假
让我们回家帮着补种

从未停止

从斯滕伯格那里，我知道了
爱也会过期，从仓央嘉措那里我知道了
爱是永不凋谢的佛花，从李叔同那里
我知道了，一半痴迷，一半释然

我读萧红，也读张爱玲
读伍尔芙，普拉斯，以及终生未嫁的奥斯汀
她们都曾在作品里
恋爱，也幻灭。让一生动荡不安

在火车站，我看到
杜拉斯回到简，她混乱的生活
在写作中得以平息，没有谁能偏见她
酗酒的灵魂
杜拉斯，用一条河的名字
度完余生，而她的写作从未停止

我是个不善于离别的人

我絮絮叨叨地对他说
豪杰要走了,去尼泊尔做佛像艺术
吾羊修缮完老屋也要走了,继续做行者
退休的张姐去东莞看儿子,谈到房价
说再等等
秋玲还有一年也会离开

他不知道我滔滔的叙述后
隐忍的疼痛。我是个不善于离别的人
活得过于深情,对于离别这样的长情
始终无法泰然
想起布满一生的别离,像链条一样
一节一节断开

那么多人用尽了缘分
如今,那些一起看过星空的人呢

那些以为会一生不失联的人呢
我们走在走失的路上
不知道相识才是人世最大的别离

朝向圣洁的一面

宇向在《圣洁的一面》写道
"我一直幻想朝向圣洁的一面"
这也是我一直幻想的,有一些时间
我为此放弃人世的机遇,执意地相信
有人生来就带有使命

我是个命运多舛的人
学会了太多的放下和宽慰,我想
一个把大雪装进心里的人
她也有着大雪的执念和纯粹

"我一直幻想朝向圣洁的一面"
即使走在喧嚣的街上
或坐在纷扰的办公室,我依然没有放弃
将手掌朝向圣洁的一面

九鲤仙梦

在这里,没有什么可以惊飞落叶和蝴蝶
一片河山、一池湖水、一点笔墨
足够古往今来、梦起梦落

九漈飞瀑奏高山流云,谁不想在这缭绕的
香火中续梦一场
在九鲤湖
我试着用脚步丈量穿越的高度
走着走着,就身轻如燕
一半仙游,一半人间

都说九鲤湖是梦的渊源
我也想
一梦千年,翻越三千秋水
数数我前世离散的亲人
我还想与君红烛,酌酒当歌
约定来世不见不散

一梦醒来,寺庙里
那些烧香、拜佛、卜卦的人
一个个把秘密送到始祖那里
就安然地下山了

北庭叙事

那时候,我的父亲尚年轻
他的马匹驶过北庭的城郭
天空是燃烧的太阳
荒凉,生生不息地照耀着西部

这里的先民们信奉月亮、水和孔雀
他们颂赞时光、玫瑰、马嘶里的辽阔
我父亲的马队迷恋上北庭的草场
我的母亲被各种奇异的花打动

在我的哥哥、姐姐出生的时候
牧草漫过额尔齐斯河两岸
我出生的时候积雪覆盖着草场
星星在雪原上闪耀

当我四岁时,我们继续西行
仿佛被蓝色的火焰引领

我的父亲向我们讲述
北庭幡旗猎猎，篝火日月不息的过往
那里，三千将士的怀乡病化为异乡的忠魂
三千将士的忠魂回到马背

我的母亲总说起
吉木萨尔的四季，牧民逐水而居
她说游走的炊烟是晚霞的影子

如今，我们葱郁的记忆、衰老的阿帕[1]
棕色的马队
都走在返乡的路上。那里
道路铺满白色的酸梅花，仿佛我们刚刚离开的黄昏

---

1 阿帕，在哈萨克族语言中指祖母或外祖母，也泛指年老妇女。

小河墓地[1]

> 这片平静的房顶上有白鸽荡漾。
> 它透过松林和坟丛,悸动而闪亮。
>
> ——《海滨墓园》

在这里,没有什么
比没有破译的文字更疼
没有一种沉默,能胜过无字墓碑

在这里
死寂是最大的哀歌,而亡者拥有神明的眼睛

沙漠里波涛滚滚,为贫穷忘记忧伤
为富贵带来哮喘……多么完美的一天
落日熔金般洒满废墟,百花在海市蜃楼前盛放

---

[1] 小河墓地,位于新疆罗布泊,是中亚历史和世界考古界沙埋文明领域的重大发现之一。

多么宁静的黄昏
仿佛人间第一个黄昏,在那里宁静不动

在这里,墓地是荒漠中的花簇
古人的骷髅闪闪发光。他们宽容了时间
把内心的苦痛和悲悯化为慈悲,如同祖母的爱
垂下眼帘,鸟鸣雀跃——
说到亡灵,是一件多么敬畏的事情

小河公主[1]

夜色，那里悬着谁的忧伤
谁的即将干涸的泪泉
她说：西域，埋着她的前世的尸骨
她说：西域，埋着她来世的尸骨

埋着……石榴花、雨，她写在黑发上的诗行
她身体里不幸的血
和葡萄丛里她郁葱的墓碑

她爱着西域的美酒，那些明媚
琥珀，舞蹈和修辞
她说：沙漠里的高山流水
她说：高坡上新娘的礼节和坟

不是想象的铁笼，她的海阔

---

[1] 小河公主，出土于2004年度"中国十大考古新发现"之一小河墓地。

孤旅、她诗歌的火把
在薰衣草紫色的花束……
(……啊！黄昏，百鸟归巢)
她从来就是一截忠贞不渝的骨片

塔克拉玛干断章

她唱世上最美的哀歌
……

她拥有女性的辽阔,并诞下荒凉和桀骜
她拥有水的品性,比水还硬
在塔克拉玛干,时间是亘古的河流
大地,是另一个星空

我们是她走失的沙子,这如同造物主的安排
我们经历雨水、冒险的词,在塔克拉玛干的星光下
听,玛格萨[1]的叹息比黑夜还深沉

---

1 传说很久以前,人们渴望引来天山和昆仑山的雪水,浇灌干旱的塔里木盆地,慈善的神仙让小女儿玛格萨把打开盆地的金钥匙送到人们手中,可玛格萨把金钥匙弄丢了,从此盆地中央变成了塔克拉玛干大沙漠,玛格萨则永远留在了塔克拉玛干,守护这片大漠。

我是塔克拉玛干荒凉的一部分。在这里
语言比木简更沉默,在这里
寂静,搬运着一整座胡杨林,巴依孜湖流淌的月光
没人能懂

在这里,风鼓动着迷失的精绝和楼兰
死去的记忆,走在返乡的路上

遥远的楼兰

她一定是一轮羞涩的月亮

她一定是很多个月亮
她一定是很多个月亮中唯一的月亮

从一个叫作草房的地方回来
走在水塘处,我看到了
那一枚
楼兰的月亮
她认出我丝绸般的脸

"我们失去了水源,放生了骆驼
赶走了孔雀"

最后,我们失去了悲伤
坍塌的葡萄架。废墟下
一片白色的月光

无花果树，再也没有结出
黄金的浆果，人们叫我们：
消失的楼兰

细君公主

还在念念不忘扬州的细柳吗
你回不去的东方,把你装进信封
邮寄给一个荒蛮的年代

雨水使你像夏塔河一样哀婉
野紫苏染上琵琶的忧伤

为了更确切地触摸到两千一百年前的孤独
我必须饱尝你的辛酸、你的孤寂
你终生缺席的亲情和爱情

和你在昭苏
这片寒冷草原上活下去的意志
那越来越小的脆弱

细君,这个夜晚风吹来枯草的气息
野马的嘶鸣和夏塔河的哭声

稿纸在漫长的冬天支离破碎
冰霜使你陷入无边无际的绝望
"我的灵魂在秋天和繁花一起衰败
我的故乡,你把我嫁给了死亡
却给我附上花环和桂冠"

当我们继续爱一个殉职的公主
在昭苏、在夏塔,一副被掏空的躯体
能否了却
一个女人千百年来
依旧恪守的名分和绝望

加依村

加依村,杏花虚掩的门里
家家会制乐器,人人会弹曲子
我见过弹乐器的老人
也是做乐器的人

他劈开桑木、石头和枯木
一双握着五线谱的手,也握着月光
在加依村,我内心甜蜜
取走的都塔尔装着加依村的星光

我还爱过弹萨塔尔的小伙
他的眼睛开着十万朵杏花
屋顶和小河流淌过天籁之音
加依村,在远离悲伤的地方
我们都爱上了它

夜宿安西都护府

今夜,我独守明月清风
坐拥梦中的大好河山
夜色当酒
我与星空饮尽白马河的春秋往事

城墙上的灯笼亮了一夜
同乐亭的铜铃被风吹了一夜
我与月中的王昌龄、岑参煮酒论诗

大唐的红漆长廊上
我独酌吟唱
仿若有斯人在大殿泼墨挥毫
轻点舞步——

克孜尔尕哈烽燧[1]

是怎样的空茫占据了我
风沙从时光的那头赶来
是要完成我们之间的赴约吗?

没有比荒凉更适合我
没有比忽然到来的寒冷更适合我
我已隐居得够深,已看不到你们的苦难

在火光熄灭的一瞬,号角被另一种
更为生动的琴声代替
而这琴声,是他们内心的苦海

在这里,我没有一双可供练习的舞鞋
没有一只长笛可埋在风里

---

[1] 克孜尔尕哈烽燧,位于库车市西北约十二千米处,始建于汉代,是古丝绸之路北道上时代最早、保存最完好的烽燧遗址。

只有边塞的风抽打着,它举起沙砾
它坠入沙尘

克孜尔尕哈烽燧深陷在晨光中
不沉思、不冥想
此刻,我不能占用,不能妄想
除了静默,我不能拥有任何一种多余的心境

雪 域

我已来到慕士塔格峰的脚下
看到了雪域一样美好的名字
我的内心像峰顶的雪一样纯净

黑牦牛缓缓走过
这些被神一再恩赐的生灵
把雪域照得更亮了

我们向着慕士塔格峰靠近
每靠近一次
肉身就会变得轻盈一次

经过喀拉库勒湖时
我们放慢了车速
生怕我们从尘世带来的脚步
惊扰了雪域的神圣

最小的野花也修补过一座大山

我们谈着黄羊滩的狼蹄印
大自然中我们不知道的部分
萤火滑过黑夜,也滑过草尖

我们谈着旅行、冒险、沟壑
雪豹追逐过的落日
灵魂托起巨大的黑夜
克孜利亚山
最小的野花也修补过一座大山

第三辑
吉光片羽

乌尔禾[1]

那么平整的大地上,我没有看见山
我询问一条大河的走向
乌尔禾,我需要它
干涸的记忆,填满时间的沟壑

魔鬼城的风声里,你有一片想象的海
恐龙化石的残片中,有你消失的密林

巨型动物消失了,乌尔禾
你是古生物留在世间的最后一片声音
没有人能听懂它,乌尔禾
在"魔鬼的眼睛里"
我们去向"魔鬼的腹地"

---

[1] 乌尔禾魔鬼城,位于新疆克拉玛依市乌尔禾区,以其独特的风蚀地貌和神秘的传说而闻名。

宇宙的褶皱里,堆满密密麻麻的时间

乌尔禾,那么多乌尔禾
谁是时间的源头,谁是没有时间的时间

黑油山

她说,那是油
亿万年前大海留下的最小的影子
她说,那是大地的咏叹,鱼骨的飞翔
沥青丘上开着地球之花

它的根还深深地扎进侏罗纪的密林
我们,一群地球的"异类"
从亿万年前的贝壳逃离
看见黑色的精灵,奔走的恐龙
和未知的事情
天空下,一条黑亮的河

黑油山,芦苇和碱草在沥青中生长
油池在永夜里吞吐油泡。黑油山上
每一个油泡都是时间的眼睛

风城行记

他还是一个和磕头机站成一排的战士
一嗓子就淹过了风
一嗓子就喊出了长长的油河
和白梭梭使劲的生长
风城的风说来就来,李班长说
每天八级以上的风要来好几次
他的语调像说一个老熟人

风把戈壁石吹成了一排排梯田的样子
像在戈壁滩上撒下的种子
风城里成年的树都是歪着长的
树干像是被什么硬生生地扭着,连树纹
也长成了旋风的样子

风城的第一代孩子
都被风刮得像皮球一样滚过
第一次用冰钻塔钻开戈壁和沙砾的人

是共和国的第一代石油人,他们
挂在博物馆墙上的冰大衣
还流着准噶尔盆地最大的油脉

青克斯山

在去准东油田的路上
我们说到千疮百孔的地球、受伤的母亲
和神秘的油脉

车窗外,白茫茫的雪原上
闪过九只马鹿
车停在路边时,有人欢呼:"精灵!精灵!"
有人举起相机,拍下九只马鹿回望的深情
像得到一次圣洁的祝福

我记得,那天我们说到石油的诞生
和地球五次物种大灭绝,大气层的四个层次
和飘浮的微粒。远处
行进的还有青克斯山

到达基地时,雪停了
我们在蔚蓝的雪地里站了很久

六月,克拉玛依

我在院中坐了一会,起风了
对面花圃中,花枝乱颤的样子
很动人
一只雀儿震颤着翅膀,停在花圃上的样子
很动人
我静静地坐着

这是六月的克拉玛依,风的影子
在风中起落
我曾坐过的长廊和楼梯
一生都不会坐回相同的位置

我眼中的风景将滑向谁
她一生都不会知道
一个叫吉尔的诗人
在这里看到过怎样的风景
又有过怎样的情愫

雨

他说那段路没有人,一公里
来回足够回忆在一起的日子
像重新度过那些时间

我想起他念书的下午
玻璃壶的茶水刚刚煮好
他在念村上春树的小说
我坐在他对面的布藤椅上
雨落在脸上,就那么几滴

那是很短的时间,澄明,温暖
时光缓慢
那天,我穿红风衣、他穿蓝外衣的身影
和我们坐着布藤椅的样子
都留在了那里

卖葡萄干的人

推着两轮车卖葡萄干的人
看着来来往往的人群
不吆喝,不招揽
仿佛不是他在做买卖
而是时间在买卖

我坐在马路牙子上
像他一样看着来往的行人
比阳光还缓慢的神情

风吹过他面前的葡萄干
或不吹过他面前的葡萄干
有人买他的葡萄干或不买他的葡萄干
都不影响他今天推着两轮车
在巴扎上缓缓走动

我们的事情

那么大的剪刀,适合剪开乌云
在泉子街,没有比大姐剪羊毛更快的姑娘
没有比大姐辫子更长的姑娘

天黑前,我们要剪完所有的羊毛
母亲正把羊毛卷成卷,这是女人们的活
父亲一早就骑马出去了
头晚母亲在他的褡裢里装满了干粮
而哥哥正从山顶赶回羊群
在泉子街我们遵循草场规律
不担心牛羊走失
不担心去了深山的父亲
不担心粮食。我们采回松果、贝母、野草莓

我们的事情只有天上的云知道
南山和盘羊知道

叫泉子街的地方

父亲终究卖掉了从牧场带回的小麦
买下一处泥巴院墙
被盐碱侵蚀的墙角
像漏风的老人,他在水渠边
打土块,端着沉重的模子
扣出长方形的泥坯
他补好了所有的墙角,抹平新鲜的泥
盘起崭新的土炕
在院子周围栽下白杨、桃树

可我们日夜思念着草原,那里的屋舍
山坳、松柏,那个我喊阿帕的人
一个叫泉子街的地方
眷恋,像走失的子女

雪下了一个冬天

雪每下一遍
父亲就铲一遍
从屋门到院门,再到路口
父亲铲出一条路,两边的雪墙越堆越高
屋顶的冰溜子越来越长
整整一个冬天,父亲都在铲雪
整整一个冬天,我们困在山坳里

雪淹没了我们的村庄,只有屋顶的炊烟
证明村里还住着人
偶尔,父亲骑马出去驮回冻僵的白菜
还有一些带壳的花生

那年我四岁,时常看着泉子街
没有尽头的雪原流眼泪
母亲以为我得了眼疾
但我并不知道我为什么要哭
整整一个冬天,母亲和大姐都在纳鞋底

冰 草

每一支冰草的叶子上都住着滚动的雷声
未诞生的冰雹
每一支冰草都举着一把带齿的镰刀
它们用镰刀眷养光,收割闪电
在我的脑海中,停着一丛生锈的冰草
它们被大风吹成稻田
忘记了生长
而在我的胳膊上
叶齿划破的地方悬着一牙弯月
如同一处白亮的记忆
我的父亲一直在那里割草,我的母亲
用羊皮袋子为父亲送水
很多年了,他们一直住在吉木萨尔的山上
忘记了回家

风滚草

你们就要去远方
那是诗人要去的地方

风滚草,盛大的秋天更深的荒凉就要来临
为什么我心生悲凉
为什么我悲痛不已
大风吹动灵魂,就像吹动母亲的衣襟
大风吹过四个农场共用墓地
老人们来之前,在麦草上晾晒灵魂
有一年高婆婆在墙边晒太阳
被窜出的雄鹿顶在墙角,她用瞎了很多年的眼睛
看到一片黑暗
她举着衰老的手臂挥打一片空气
这只发情的雄鹿
用鹿角挑走高婆婆晾晒了一半的灵魂
走的时候,她绾起的发髻

插着结婚时的簪子
那也是风滚草要去远方的时间
我知道,总有一些灵魂被风吹来吹去

芦　苇

我第一次感到苍茫
是在深秋的芦苇荡,枯黄的叶子
互相碰撞,像骨头磕着骨头
哗啦声扫过沙丘、野鸭的惊慌
像飞走的雁群带走了什么?
而我第一次感到恐惧
是提着红柳条筐走进芦苇丛
芦叶划过脸颊带来火辣辣的痛
像是要在芦苇丛走完一辈子
今天,我在父母的墓前待了一个上午
我们已经很久没有说话
就像在芦苇扎起的院子里
我端起酒杯敬你们
其实我从来都没有敬过你们
一生中有那么多来不及的事情
立在我们之间

像白了头的芦花在人间幻灭
一生中那么多时间被风吹到身后
把我们吹成披着大风行走的人

野枸杞

谁的手在采摘紫色的浆果
谁的手停在秋风里,一根一根数着少年的发辫

如此多的野枸杞,环绕墓地
是谁
栽下它
像如此多的儿女,触手可及
又遥不可及

野草疯长,是我一次次缺席
野草枯荣,我们已相隔太远
而当我看到挂满果实的野枸杞
环绕你们的墓地,那一瞬
仅仅那一瞬
我放下二十年的牵念
我知道,是邮差送来了讯息

铃铛刺

通往墓地的路,两边长满铃铛刺
风吹过时,丁零丁零像有人在浅唱
这些铃铛刺,从我们的围墙
长成他们的围墙,风吹到这里
脚步会变缓一些

丁零丁零——
像有一只手在弹奏风铃
从我们这里到他们那里
风再吹过时,铃铛声传得很远
我知道它通向两个世界

红　柳

母亲过世后
墓地右边有一棵红柳
有一年清明节
我和二姐去上坟,铲去了墓地的荒草
和那棵红柳
父亲知道后好几天不进谷米,直到大哥
去墓地回来说红柳又长出了新芽
我们才知道
那棵红柳是父亲移栽在母亲墓旁的
父亲过世后,我们将父母合葬
父亲静静地回到母亲身边,就像他踮着脚回家
怕吵醒午睡的母亲
后来,在墓地的左边长出一棵红柳
每次去上坟,大姐都说
"红柳又长高了"
如今,它们长成了两棵树的样子
左边的那棵比右边高一些

花开的时候像两团祥云停在墓顶
其实我知道,这两棵红柳根在墓穴下
盘在一起,长成了同一株根

我认识的草

我认识的草都有着乡下的名字
扯扯秧、苦苦草、灰条、猪耳朵、刺丫子
就像它们的名字
扯扯秧长得拉拉扯扯
苦苦草像满肚子苦水的人
刺丫子跟谁都不和解
我认识的草世世代代都生长在乡野
遗传巨大的意志,自生自灭
生生不息,在乡下的林带
地埂、野草坡、屋前院后
一场微雨它们就破土而出
这些荒凉的草,有时从石缝里挤出来
有时顶开一片盐碱
有时在牛羊的旧粪便里
强大的繁衍越过沟坎,漫上河道
肆意野性,像植物中的野马
到了秋天,它们披头散发

像不语的智者
在野草坡
那么多名字在草根下发芽
那么多人借助野草来到人间

1998 年

那时我们买五毛钱一根的冰棍
单位门口时常停着一辆卖凉粉的手推车
空气里弥漫着诱人的酸辣味
她刮出薄薄的凉粉,透明、清亮
没有一丝杂质

每次路过,我都会站在路边看她一会
她把一碗清水泼在凉粉上
站在车旁等顾客

那是 1998 年的夏天
我时常在单位围墙后的水渠边
读《茶花女》,写日记
向漩涡里丢石子

有一次,绕到水渠对面的小树林
把名字刻在树皮上

那时候,我还不知道自己会成为一个诗人
不知道,我会逆着时间
回到在树皮刻字的那个下午

缆　桥

那是天山深处的缆桥
我记不清那些草绳打结的样子
朝霞透亮时,我们在缆桥
等太阳升起
光一点一点点亮黝黑的山体

叫阿黄的小狗蹲在旁边
阿黄是一只流浪狗,阿给它火腿肠的下午
它的主人离开了这座山

阿也会离开,但我们不提
那样的话题,只要想到
心就会像河蚌一样收紧,疼痛从身体溢出来
库车河也会变得忧伤起来

我们故意晃动缆桥,像未经人世的孩子
远处,光把整座山照得通透,明亮

晨　曦

每个早晨,晨曦从对面山体缺口洒下来
淹没整条河流
山谷就会变成金色

阿和他的狗也会变成金色
在他自称领地的地方
我们给它起名……缪斯的花园
到了七月,向日葵花引领昆虫飞过山坳
阿出神地看着她们,跟随鸟鸣
甩动衣服,朝着远处喊山
声音从一个山谷传向另一个山谷
又跌跌撞撞地返回

阿也喊我的名字,像喊一些记忆
他在电话里说,每一朵花葵都朝向太阳
每一朵都向心而开
他说,那样的日子将在冰雪封山前结束

希望一起走很远的路
用带冰碴的棉手套捂脸

而我不想把阿写进诗里
就像我们的爱,从来都没有受过伤
而一生的黄昏,我都在回忆
阿凝视我的样子

湍河水

湍河水不紧不慢地流着
低飞的燕子一次又一次掠过水面
碧绿的蒲草和苇子依偎着河岸
一些芦花开了，影子在河面上摇曳

水草映着浮萍，那些灿若零星的花朵
开在石壁上，像一些倔强的孩子
越来越多的燕子在水面上盘旋
忽高，忽低，像是被什么引领

我等待着一只白鹭飞回，它飞过时
我还没有来得及打开镜头
仿佛它还在刚刚过去的时间里
拍动着翅膀，放慢了速度

我是替一个人来看他的故乡的
湍河水仿佛也认出了我

用浪花向我诉说,远处山顶上
升腾一层又一层水汽,分不清是云还是雾
站在湍河边,我看到的没有一样是陌生的

从南阳到襄阳的高铁上

我又一次看见麦田里的纸花
一簇又一簇,二缘说这里的老人走了
会住在自家的田地里

二缘还说村里在建公墓
我忽然有些感动
那些把根留在田里的人
把一辈子的光阴变成了一株麦子
把最后的时间变成了麦穗

高铁驶过深绿和浅绿的麦田
白砖红瓦的房子
我看不清麦穗
但我能感觉到麦穗晃动的样子

酥油灯影

没有人知道你奔赴万里
是为了给我讲一个故事

在西藏
那个至始至终
只穿一套衣服的青年
你说他的衣服泛着酥油的光

那个中指和食指被香烟熏黑
依着大昭寺的墙壁不停地吸烟的女孩
你离开时,她燃完了一整支香烟
却没有吸一口。你说
那天整个拉萨河流着酥油灯的光

而那个打赌一小时内天空飞过一架飞机
就结婚的点点,她向你讲起真相
没有人不原谅她

你用一生追逐着远足，却无法完成
内心的远足，想起年轻时遇到的人和事
你说一辈子要记住的像转经筒上的手印
替你留在了远方

一米阳光

你坐在一米阳光里
你是为那个电影而来的
仿佛一生都在追寻居无定所的旅途

你说阿妈捏糍粑的手
很黑,你强忍着吃下糍粑
腊肉挂在熏黑的屋檐下

散发着霉味的木屋里,住着摩梭族原始部落
那些像木楼一样的女人
把雨水装进身体里
把木楼梯踩出一层又一层水汽

我还不能理解
一个摩梭族原始部落女人的婚姻和生育
照片里叫拉初的女人干净的笑
和她隐秘的生活

也无法理解你走婚般的精神和束缚

想到你坐在一米阳光里
仿佛是我坐在一米阳光里
望着从屋顶裂缝泻下来的一米阳光
心微微地开始疼痛

云层之上

飞机还在云层上
阳光把云层照得像盐海一样白亮
仿佛能托住一切危险的事情

我没有坐在靠窗的位置
脑海里一遍遍滑过你的讲述
仿佛你又回到了昆明
那个让你一生无法忘怀的七日

你们同居,像恋人一样走过石板桥
你说她鞋底的咔嗒声,像是踩在雨水上
她是摩梭人,有走婚的习俗
有那么一瞬
我像是走进了摩梭村寨
看见了你说的木楼和月影下的拉初

别青格里

我就要离开了,青格里
你赋予我新的澄明,一次比一次明亮的眼睛
雪就要来了,这是上天的祝福
大地愈合了一些伤口,又新增了一些伤口
在去三道海子的路上
我重新理解了生命,理解了父亲
一个老牧人内心的苦难和克制

他把牛羊赶到山顶,后来他赶着奔腾的马群
去了云里,用雪的方式寄回家书

我就要离开了,青格里
白桦林是明黄的,草场是枯黄的
成群结队的牛羊做金黄的梦
站在大青河的铁桥上,我看到水从天上来
到天上去

我就要离开了,青格里
在秋色尽染中,你伸出双臂为我送行
我知道雪就要来了,你要独自忍受寒冷、风暴
孤独。而美降临

最后的邨落

奥普坎[1],一个古老的邨落和半枯的胡杨林
我向你说起,飞过树梢的沙雁
我在奥普坎遇到的牧羊人
和打大地馕的女人

那是沙漠里的一片胡杨林
驼铃挂在高高的胡杨枝上

那个下午,没有人唱出
忧伤的民歌,没有人愿意走出古老的奥普坎
起落的飞鸟,像流沙一样舞动

一个被风吹远的奥普坎
在静静地返回

---

1 奥普坎,阿克苏地区沙雅县哈德墩镇的原始胡杨村落。

遇见奥普坎

住在胡杨林的阿里木
在晚霞中捧起塔里木河的水
他讲起母亲的卡盆[1],离乡的伙伴
走失的小羊
姐姐像露珠一样的眼泪

奥普坎,我从不哭泣什么
却在坠着枯叶的胡杨林泪流满面

我不知道,起起落落的沙雁
像流沙一样舞动
向我寓意着什么?
一个村落的名字和逆行的光
父亲的马灯和胡杨的年轮
但我知道
在奥普坎,忧伤比阳光更明亮

---

1 卡盆,用整棵胡杨木掏挖而成的小舟。

塔河部落[1]

篝火已经点燃——

酋长的女人从塔里木河岸回来
月亮恰好落在草棚上

羊群数着星空
比沙子还多的传说睡在柳筐里
我们留在红柳堆里的捉迷藏
被风吹了出来

这个下午
艾孜买提的书包被好心的牧羊人找了回来
胡杨树的花开了
远处,水雾像风沙一样漫过胡杨林

---

1 塔河部落,位于沙雅县境内,是塔河河畔的一个古村落。

麦垛上的月亮

那时,我们在草坪上唱歌
在宿舍里念诗,在楼道
烟熏火燎地炒菜,水房的玻璃窗外
有一大丛曼陀罗,开白色和淡黄的花朵

现在,我一个人看风,风里有起伏的麦浪
有苦马豆的味道
和薄凉的雨

只是记忆越来越差,随手放下的东西
转身就忘了。那天
你打电话说,老是梦到过去
在四小队,我们还是小时候的样子

这些年,我们披着各自的风霜
穿过生活的麦芒和闪电
是怎样的颠沛和风雪,改变了火焰

是怎样的风沙和撕裂,颠覆了理想

你看!那高悬的月亮
是否是麦垛上的那枚

鹤壁书简

鹤壁,写下你名字
却无法写下三千年的荣光和涟影
提笔就是古汉字遗址
落笔便是殷商盛世

樱花从朝歌一路开到了鹤壁
挥袖就看见烟波中的赵国

鹤壁,若我不来
怎与朝歌城的樱花相遇
又怎知登上大伾山
顺着大禹治水的鸿鹄之志
就能看见淇水从天上来

若我不来,怎知浮丘山、五岩山、云梦山
群山仰止。又怎知
古灵山上神仙汇聚,写下一个名字
就是华夏的源头

淇　水

泉源在左，淇水在右。

——许穆夫人《卫风·竹竿》

淇河的碧波中起伏着女娲补天
殷纣王降香、子牙封神的典故
樱花丛中卫懿公与鹤共舞
许穆夫人在《诗经》中轻揭珠帘

如今，河边垂钓的人隐居深山
只留下空空的竹竿

淇水，当我在中原文化的根上
找到你的名字
淇滨大道上的樱花正在古典中盛放

登高望远，淇水一浪就是三千年的烟波
一眼就是中国文化的长河，这

迟暮了半生的邂逅

如今,与谁共赏这人世的花语

都不留遗憾

许穆夫人

难道还有比这更美的相遇吗!

在淇滨大道
我遇见的女子都是从《诗经》里走出来的
眉目里住着古典的美

她们中有一位一定是转世的许穆夫人
凤钗上樱花点落,片片如蝶
在众多的人群中
你一眼就认出了我

许穆夫人,这一生多像一场樱花落
抱负如盛世樱花,年年此时
月上云霄

这一生,我在抒情中漫步
雨水落在麦田,鸟鸣潺潺,流水淙淙
这一世与谁相遇都是对的

沈 园

去沈园的下午,错过了开放时间
乌篷船上摆渡人像是来自半个世纪前

他的竹篙在静静地腐朽,他的时间
留在青石苔藓上,他的毡帽
从鲁迅的笔尖走了出来

在酒馆,喝店家自酿的青酒
沿着孔乙己的茴香豆味
经过熟悉的陌生人

那天,绍兴的雨一直没停
离开鲁迅故居时
我像是从书里走了进去
又从书里走了出来

第四辑
龟兹明镜

龟兹断想

我是披着白雪而来的人
　　　　　　——题记

一　镜面

那日,落日如巨大的火球
在明屋塔格山久久停留
时间之火烧制出红色的雅丹
苍鹰在怪石上展翅欲飞

那人,白发如霜
合掌问克孜尔石窟里的菩萨
人世间山阻水隔的相遇
是不是背负着劫难和使命
要苦苦等待闪电和开悟的雨水

空中传来喟叹

历史的镜面上消失的马群
踏起克孜尔嘎哈烽燧一袭狼烟

二 铜镜

那时，风附在石壁上
长笛飘起唐代的丝绸，五弦琵琶
在空中自鸣

我们的驼队停在龟兹古城的高墙下
驼背上的唐三彩释放果园的芬芳
远处，马队运来波斯的香料
和阿富汗的青金石

他们迷恋龟兹的孔雀和乐舞
葡萄酒和东方传说
在龟兹国子[1]的梦境中

---

1 龟兹国子，泛指古龟兹王室的人。《资治通鉴》记载北齐时一些贵族幻想效仿古龟兹人"唯当行乐，何用愁为"的生活。

沉迷风沙
仿佛那是一生要抵达的远方

三　回眸

一寸一寸的风霜从壁画上褪去
像褪下一些沉重的事物
一些人从壁画上走了出来

一些云从壁画中飘出
在却勒塔格山顶不熄不灭
油灯前的童子拨亮灯芯
他是一千年后的守窟人

他说，我遇到的人是开凿石窟的人
我遇到的云是寻找归宿的云

那时，石窟的时间是一块无法搬运的石头
行走的人每回眸一次
天空就会多出一颗星星

四　幻影

我是从壁画走出的
翻过大漠时，云彩引领百鸟
五百里不见人烟，五百里不见草木

河西走廊只有石碛和一位捣米的老妇人
她用月牙泉的水煮米

河西走廊尘土如云
赶路的人
用眼睛裹走大地的经书

老妇人目光所及金箔闪烁
她轻抚我的额头
说来生我会成为一位诗人

五 岩画

几千年后,我们去看岩画的早晨
意念还不能飞翔

我们顺着时间返回
那里,石头像运行的天体
斯基泰人、萨尔马特人在石头上狩猎

他们把盘羊的影子刻进崖壁
成为不死的灵魂
离开时,月亮把我的影子刻进了石头

六 岩画——鹿

跳跃,就会长出翅膀
鹿角开出花朵,成为树
更多的时候,它们待在岩石里
那里也有一个丛林

有人在岩层和人世穿行
贩卖鱼骨
与更早纪元里的生物交谈

这些神圣的物种,被天空吸走了灵魂
又长出新的灵魂

我们在岩石外听到古人的凿石声
他们用火取光,攀缘在高山和洼地间
用石头记录自己

七　开凿

那时,你的时间
还没有遇见我的时间

岩石蒙着薄雾
清晨被什么推动着
发出山体的轰隆声

有人把风和星光放在岩石上晾晒
像羊皮一样卷起
有人用手掌触摸石头留下掌印
有人用占星术预见未来

一千六百年后
我在龟兹石窟的题记上
认出和我一起步入库木吐喇的人

八　那人

光,移动、汇聚
所到之处,金翅鸟飞翔
花瓣如雨,乐声起伏,如云涛似海浪
那人端坐,不沾一粒尘土

那人骑鹿而去

石窟中,时间寂静,犹如恒河

石窟外,时间如空,无边无际

九　草堂寺

极静,如泉
极静,如莹

极静,一尘不染
极静,如是智慧

我从你的故乡而来,鸠摩罗什大师
这一路,沙书成卷
无字如字,无声如声

这一路,风沙中飘起海市蜃楼
如影似幻
这一行,我领走了你的夙愿
让七十四部、三百八十四卷译经回到龟兹

十　龟兹石窟

壁画上的少年还是少年
须弥山下莲花已经开了一千九百年

我遇见过骑大象的孩子
他身穿龟兹锦，手持龟兹蓝

我遇见过远行的驼队，二十七种乐器
乐声如海，神似天宫
阮咸、箜篌、筚篥、五弦琵琶
乐声落下的地方
"一尘不染"，乐声升起的地方
是"彼岸"[1]

光束落下的地方是俗世

1　有学者认为，"一尘不染""彼岸"等词，为鸠摩罗什翻译佛经所创造的。

巴颜喀拉山

我来自巴颜喀拉山,来自庙宇的灯
被误解的雨
说好去寻找前世
到佑宁寺时停一夜
坐在乱岗上听石头念经
风卷走落叶像转动经筒,巴颜喀拉山一动不动
我来自一场梦
在巴颜喀拉山等待一场风雪
爱和时间辨认
巴颜喀拉山,当我仰望你
一生才刚刚开始

牧草比任何时候都葱郁

我们背着绿色军用水壶
去镇子上磨镰刀
就要收割苜蓿草了
父亲已经腾空了草棚
他往马灯里添加煤油,剪去旧捻子
夜晚,挂在墙壁上的镰刀闪着月亮的光
母亲在锅灶上烙饼,父亲已经在牛车上
绑好了套绳
乳牛一直舔着脊背上的星光,发出舔舐的声音
还没有比收割更神圣的事情
母亲从露水里直起腰来
牧草比任何时候都葱郁

阿格河谷

放牧的父亲从山顶赶回羊群和云朵
身后是棕色的瘸马和猎狗
暴雪到来之前
我们还没有搭起毡房
在临时支起的帐篷前
妈妈用捡拾的木柴熬制奶茶

那时,我们丢失的老马
正从云层回来,驮回衰老的马嘶

草原孩子

我们刚刚爬上青葱的山坡
时间就落入正午,阳光切着蜘蛛网
整个山坡的牧草都是秋风的
整个山坡的牧草都是牛羊的
在阿格河谷,我们爱着露珠、落日
黑鱼一样滚过草地的孩子
他把干牛粪堆成巨大的蜂巢
不停地咀嚼新鲜的奶酪

我们把收割好的牧草运回家
他把月亮塞进了最大的草垛

如果月亮没有听到

在阿格河谷,我们说到梦
草丛里走过七个孩子
他们奔跑,追逐雨点
用干牛粪取暖

我们还说起红鬃马,爸爸做的马鞭
山下开满马兰花
我的奶酪袋刺绣着月亮和草莓

你叫我尔尔,"尔尔"
如果月亮没有听到
星星一定知道

牧草一遍遍亲吻手掌

我爱过一个草原诗人
她在卡拉库尔的牧草中变老
留下一只马鞍子托着落日
天山以北,雨水总是来得晚一些
暴雪也是——
卡拉库尔,神知道我们保守的秘密
她写下的诗章
被风翻动,像牧场一遍遍亲吻手掌

柴仁草场

这是柴仁的草场,四百八十只绵羊
漫出柴栅,四百八十只绵羊是柴仁的女儿
"二十三匹马是我的儿子"
柴仁的脸膛像极了被炉火烤红的
比加克馕
这是五月,九百亩草场正在苏醒
九百亩草场在我身后
云卷云舒
在大草原的神思里
我的爱是辽阔的
我的情愫是敬畏的
牛羊踏起的烟尘是神圣的

秘　境

有一次，我们顺着河水步入密林
仿佛有什么庞大的身体刚刚离去
我们猜不出，那是一种什么生物

河道边硕大的脚印
像无人认领的印章
而另一处，群狼的脚印忽然散开
像刚刚结束了一场对弈

我们被吸引着循着它们留下的脚印
却不敢再走下去
怕风一松手，就找不到来路

我们回到山上，石窟壁画上的佛
被挖去了眼睛
来过的人离开时
内心就会多出一双眼睛

在小月河看花落

随手拍下的海棠
活成了另一种形式
直到将这张图片删除

这也是一种生命意识

四月的小月河，繁花挨着繁花
过于繁盛的花簇
像一场风暴

但小月河，要用多大的悲伤
才能盛得下
一树一树的花落
我要用多大的勇气
才能站在河堤
看一个下午的花落

祖 训

母亲做饭的时候
父亲把头晚泡在大条盆的高粱
捞出来沥水
母亲纳鞋底的时候
父亲开始扎扫帚

多年后,这情景成为我
所理解的最好的生活
坐在老屋的葡萄藤下,我听到百鸟归巢
蛙鸣成片
那时,我还不知道朴素以外的事物

我的母亲说过
头顶有神明,所以从来不敢冒犯
和不敬
这些年,不说谎不低眉
只有我自己知道
这安身立命的祖训有多重要

闰二月

这一年,气候异常
南方人看够了大雪,我们这里
大风一次次刮过塔克拉玛干
这一年,闰二月
老人们说,也叫无春年

过了年,到处都是降温和暴雪的消息
气温降了又降
婆婆说,过了这茬,天就热了
婆婆不识字,说什么都准

我一个读书人,常常在她面前瞠目结舌
婆婆说,老祖宗说的话错不了
还说,老话谁不知道啊
她拿着炊帚扫案板上的面,我戳在那里
像是忘记了什么

电话里

电话里,二姐一边蹬缝衣机
一边说播种的事
一句话还没说完,缝纫机声盖过了
后半句
二姐在工厂轧棉花袋
按个算工钱
每次打电话,她都舍不得停下来
这让我有些难过
她说手疼的老毛病好了些
要把落下的活补上
这让我想起
有一次给棉花打杈
我在棉花沟里睡醒的时候
二姐把整块地的棉花杈打完了
电话里,二姐说的另一半话
又被缝纫机声盖了过去

老木匠

见到老木匠时,他正在巴扎卖家什
案板,木碗,面杖,纺车,毕须克
他一边做买卖,一边做木工

有人问一句他答一句
大多说的是价格。挑选木勺的老妇人问起他
在纺织厂打工的儿子,留下一副
狗皮护膝,带走三只木勺

整整一个上午,他打磨一件又一件案板
我蹲在地上,看木器上的纹路
他把面板打磨成一面面生活的镜子
仿佛我也是这镜子中的光

杏花开过了河岸

比我更早知晓春分的是杏树
在托帕墩村,我的赞美是多余的
我悲伤是不合时宜的

杏花开了
我想起另一片杏树林
但并没有人知道
在托帕墩村的杏树林
我想过什么?父亲的烟斗、乳牛的叫声
套种的麦子又长高了一截

我的父亲磕了磕烟斗
杏花就开过了河岸

大地之诗

我们听不见地下的流水声
但知道它们经过
冲击古生物的骨架
亿万年前的飞鸟用骷髅飞翔

大象席地而坐
听到远古同类穿过丛林的声音
这一夜,还有多少恐龙松动散落的骨架
从大地深处发出咯吱的骨头声

我的祖先
曾面对野兽、洪水、天花和绝望
密布的丛林里
仿佛还留着消失的眼神

还有什么可以献给你?

谨以此诗献给俄乌冲突中的罹难者
愿世界和平

————题记

我为颓废的时光,献上白菊
我为罹难者献上风信子
我为我们合葬的青春和爱情献上挽辞
为比我们先一步到场的灾难
献上悲痛、眼泪和哀乐

我还有什么可以献给你?
松软的大地,黎明的鸽子
飞翔的树林
我对着月亮的哭泣声,对宇宙的跪拜
十万颗想象的星辰照耀的原罪

我还可以迷失,在塌陷的废墟

托起一个失去家园难民儿童两克拉的灵魂
用我的诗歌为亡者垒起绿叶的巢穴
短暂的安息

青春、芳华、沉睡的孩子摇篮的梦
我还可以献给你什么?
轰响的世界,黑麦的病毒,星核的炸裂
口袋里的葵花种子

我还有什么可以献给你?
活着——死亡——灰烬!虚无的清晨和玫瑰!

我们将去向哪里?

谨以此诗献给俄乌冲突中的罹难者
愿世界和平

——题记

我们将去向哪里?
飞流的大气去向哪里?
灰烬落在哪里?
时间停在哪里?

谁能安慰亡魂,谁能预言下一个是谁?
你?
或者"我"?
谁能抚慰灰烬
谁能给它降落的翅膀
谁能为亡者点灯……带他们回家

我们将去向哪里?
我们将遭遇什么?

有没有一座天空的房间,可安放迷路的骨殖

半夜诗

我们失眠,像夜晚的蝙蝠
睁大眼睛看着黑夜。我们失眠
像要穿过黑夜的人。半夜
我被水鸟的叫声吵醒,那是一种怎样的声音
嘶哑、孤独,带着穿透力
像把厚重的夜色穿透,那是一种怎样的叫声
仿佛叫出了人世的凄凉

我不敢刷视频,不敢看热点
怕世界纷争的消息,怕看见他们损毁的家园
难民、战争中孩子惊恐的眼神
那些低沉的讯息和卑微的人性

水鸟低哑的叫声
消失后又在我的记忆中啼叫
我被什么抛向高空
在飘浮的坠落中,看见无数蝼蚁

生死忙碌,灵魂如尘

我也是其中的一粒,只是学会了
在黑夜里飞翔,用痛苦的翅膀
一次一次撞向悲情的人世

诘 问

我拒绝了什么?
我渴望着什么?
在无数个静谧的瞬间
在黄昏将尽时,沉默暗藏着怎样的火焰?

巨大的夜幕遮盖了什么?
赞美声虚构了什么?而光
继续着什么?

一个走着走着忽然心痛不已的人
她想起了什么?
这是春天,放生的鱼回到湖面
水举起火把
我在南湖边,像是在等待什么

月亮从心底升起

语言,于我是敬畏
所以,惜字如金
语言,于古人,驷马难追

在一个不谈君子的时代
我固执地用古人的方式明辨是非
也固执地相信,君子依然在来的路上

我把大多数语言用在了对一条又一条
河流的追逐上
把余下的含在口中
谁说它不能幻化成玉?

不说话的时候,我的沉默里
装着一面镜子,曲径通幽
不说话的时候我的眼睛装着山水明月
不说话的时候,月亮从心底升起

草　木

若早些年出生
我会爱上一个人间的木匠
把每一件家具都打得像娶亲
世上最好的纹路莫过于木纹
世上最好的香味莫过于草木
桃木、楠木、椴木，最好的光阴
最好的流水和白云
打一张精致的书桌，写中国的汉字
打出古代的柜子，装丝绸、陶瓷、藏书
所有的花朵都含苞待放，所有的草木
都迎风起舞
打两张檀木屏风，一张雕初发芙蓉
一张刻百鸟朝凤
最好深居简出，最好开个药铺
龙葵、雪见、紫菀、半夏、景天、当归
木匠济众，我只尝草

龟兹鼓

鼓声,从祖先的河流滔滔而来
湮没了一个时代,又催醒了一个时代
　　　　　　　　　　——题记

葡萄架下,木卡姆的歌者
用喉咙卷起风暴和跳跃的火焰
用嘶哑的声音抚慰古老的河流
鼓,唤醒纵横的阡陌
从塔里木河奔涌的波光扯出一道蜿蜒的丝绸

鼓声凌空
"西出阳关无故人"
鼓声迂回
"边城暮雨雁飞低"
鼓声铿锵
"雄镇何年孝杰开"
鼓声奔腾

"长逐东流滚滚来"

鼓,开辟出从长安到龟兹的古道
古道上,往返怀揣长风和白雪的人
绛宾王京师朝贺,班超再通西域
阿史那、苏祗婆万里赴京
他们用布满星辰的斗篷煮酒取暖

飞天仕女从龟兹壁画跃上羊皮鼓
反弹琵琶
都昙鼓、答腊鼓、鸡娄鼓、候提鼓……
百鼓争鸣,群马飞奔

鼓声延绵——
我可是那沉默的羯鼓
于群峰之上拿回祖先的鼓槌
从万鼓声里取回西汉的月亮
我可是那披发的鼓手
在鼓声里打铁,在丝路上起舞
以鼓槌蘸墨,用甲骨文写下"沧海一粟"
用草书写下"春秋大业"

龟兹女儿

我觉得自己来自古代
唐朝或者宋代
似乎目睹历史的风云。似乎见到筑起城墙的人
和一次比一次猛烈
挖倒城墙的人。那时我在哪里？

我一直勒马瞩望，然后扬鞭而去
我只是那个朝代擦边而过的侠客
或者是市井中的布衣

我会常常觉得：我的一半在现代
另一半在历史虚掩的门里
从京城到西域
木轮的车辙比任何木简更像史书

疲惫的驼铃多像夜色的哀歌

那出嫁的征途，如同途经贫穷、苦难和死亡
而西出玉门的风沙捷报
使我学会佩戴璎珞，火焰上的舞蹈
使我成为一个楼兰女，一个
活着的龟兹女儿

神木园[1]

这里的任何一株植物,都使我保持沉默
这里的任何一株植物,都胜过我的词条

在神木园,我看到什么是拔地而起的日月之精华
天地之悠悠
这些怒吼的树,匍匐的树,飞翔的树
相爱的树。它们身体里装满岁月的光

我不知道旋风树,经历了怎样的酷刑
树干被扭曲成放大的螺丝钉

我不知道千年神木用通体的白
要赋予我怎样的心经

---

1 神木园,位于新疆阿克苏温宿县城西北 60 千米处,是一片海拔 1700 米,占地 600 余亩的园林,全名为"天山神木园",也被称为"戈壁明珠"。

我不知道无根树活着的隐秘
我无法想象，在过去的一千年里
树的世界
经历了怎样的"人生的苦槛"

红山石林

风在一遍遍地洗　风在一遍遍地洗着厚土
将有多少　是我的感激
这是我第几次走过盐水沟　雅丹地貌
红山石林　和悬浮的布达拉宫
雾霭下　变幻莫测的山
神在那里吹着……一把无形无色的笛子

我会在赤红的山体下　保持仰视
那高耸的没有生命的赤红
在它厚重的身体里沉落的盐粒
在低低地怒吼

那么多光　在沉睡
就像它们睡在我的身体里
没有一只蜂鸟飞翔得快　在这里
我的节奏也开始变慢

凝望着一棵雪松　我的心是肃穆的
我不渴求山门洞开　也不渴望凿空
更不想打扰山中安睡的神灵
我们这些被庇佑的人　从这里走过
我甚至　无法准确地找到一个可安放的词语
来替代我全部的感激

冥　想

阳光透过树木，你数着树影
回到住处，坐下来写作
你如此熟悉自己，对过去
那个陌生的自己说
"再见"
绿植从书架上垂下来
锦鲤在鱼缸里游动、嬉戏
你拉开窗帘
看对面还亮着灯的窗户
有和你一样晚睡的人
你仰望群星，有一颗和你
遥相呼应
你开始节制地使用时间、睡眠
用餐，把一些幼苗种在家里
而在每个清晨，你照常
从闹钟声中醒来
在绿林的草垫上，再一次冥想到自己

龟兹铜书

一

谁的灵魂飞向他,用铜铸鹤
谁在沙漠纠正神话,在不朽的枯枝
摘下果实
谁在昆仑之巅,为爱发动一场雪崩
手指开满花蕾

我们眷养西汉的月亮
我们眷养生死,却眷养不了命运
我们深爱如鹿,却逃不回石头[1]
我们写汉字无数,从不临摹宿命
我们与时光同镜,远不及草木一秋
大雾瞬息

---

1 在新疆青河县境内分布有刻画着鹿形象的石头,这些遗迹被认为象征着从地球到天空的精神转变。

二

铜铃晃动,昆仑山烈焰灼灼
铜铃静默,昆仑山大雪如注
一声,还我断肠
二声,还我铜魂
三声,还我鹤魂

铜魂,不问去路
鹤魂,不问来路
淬火,熔化不了一只铜魂
淬火,天空关不住一只鹤魂

三

一只铜器铸魂的过程
就是祖先钻木取火的过程
一只鹤飞过北天山
骨头里就会多出一些铜

铜终要把自己投入火
铜魂终要在人间苦苦磨炼

四

我在时间的崖壁上，迎风而立
我张开鹤翅，铸铜的人回到铜
我将它视为轮回

这一生起伏不定，疲于颠沛
却不及一只铜魂蓝得纯粹
这一生，大雪填心
骨髓里冰碴累累
却拿不出一个完整的你

五

我用尽尘爱喂养贪婪

在阿尔泰山以北敲击黑色的石头
钟声在古人的骨头里走动

那刻,乌云遮蔽
大雨如雷声滚落

一声,喊出我前世的眼泪
二声,喊出石头里的铜魂
三声,喊出天空的书卷和玄机

六

当风把时间吹成一张羊皮
消失在龟背图上的人
把自己锻造成
克孜尔尕哈烽燧上空的一朵狼烟

闪电,一下比一下急迫
鹤鸣,一声比一声凄厉

我们在古人的镜子里锻造青铜
我们从古人的意念中取回铜剑

七

你用铜魂打开尘封的古道
用铜魂唤醒大漠下
紧闭的睫毛

啊,勇士!只有蜥蜴的眼睛配得上穹顶
只有葡萄酿的美酒配得上你的嘴唇
只有楼兰的女人配爱你

八

我用尽毕生打造一副青铜面具
用尽铜魂炼化一副铜手镯

大漠之上,恍然隔世
大漠之下,枯骨累累

青铜,我们只在马背上佩戴它
在孕育子嗣时佩戴它

九

裸背打铜的人把自己打成了铜
他在消失的时光里敲打一片残云
他要把一片残云打磨成一支箭

我熟悉他陡峭的肩峰
胸骨上的胎记
他喉咙里的铜,我熟悉他
像是我

淬火,沙
淬火,铜魂
淬火,空空的塔克拉玛干

青河巨石堆遗址

一

在有序的时间中,你是无序的
在变幻的空间里,你留下星宿般的轨迹
在众说纷纭中,你仅是你,一个石族的宇宙

两千六百年——
有人说,独目人来过,有人说外星人来过
有人说你是"通天之地""太阳神殿""麦田怪圈"
有人猜你是成吉思汗寝陵

石块上珊瑚一样的地衣,鹿石上神秘的"天猎"图
在传说和考古的证词中,你缓缓转身
项间的珠链白玉般响动

二

两千六百年——
是谁的手搬运你,搬运内心的丰碑和信念
是谁的喟叹在星空回荡

在三道海子,高山湖泊的流水是静谧的
草场的辽阔是原始的,牛羊的眼神是安详的
我们获得的美德是神圣的

我是一个从岸边抱来石头的人。我想
你看到了我的虔诚
在广阔的洞悉里,风吹了几千里又吹了几千年

三

在这里,你由多少石块组成就有过多少忧伤
石头间有过多少空隙就有多少未解之谜
在这里,遗骸、丝绒、器皿,任何一件古老的物什

都是通向古族的光。我们走近

没有人知道，真正的巫术
没有人知道，在巨石堆前我想起了什么

时间告诉我们
一切都会成为过去，你抿住嘴
身体里松动的裂缝消声器般近乎完美

四

如此宏大的信念！
独目人或塞人，用堆垒石头的方式
证明存在……曾是亚欧草原的主人
他们崇拜太阳和石头，用鹿石记录狩猎和恋爱
相信它通灵天地
他们崇拜男根，忠于繁殖
且骁勇善战，像豹子一样奔跑

公历平年秋，我从龟兹来到青河

三道海子已是百花凋零,枯草疲倦
风接近凛冽,它曾吹过塞人的毛发
独目人失明的第三只眼睛和他们禁闭的王宫

他们在盛大的祭祀中消亡,咒语般归于宁静
如此多的石头就像如此多的法老
在静静地祷告,在他们内心的法庭

五

秋分之后,大雪将至
切特克库勒湖、沃尔塔库勒湖、什巴尔库勒湖
缓缓流向乌伦古河……
牧人赶着牛羊、马匹离开他们美丽的夏牧场
河流返回安宁,像祖先一样纯净

雪从阿尔泰山陈铺下来,没有一丝尘埃
在无限的白中,我获得一次空白的转身
就像一张白纸没有写一个字
我从来没有经历过一些事

月亮升起来,星宿回到天上
三道海子归于神明

六

石头里的太阳
石头里的星月
石头里的白鹤
石头里的圣鹿
它们分别是光芒、银辉、飞翔、心跳
它指向"万物"和"崇拜"。指向某种神圣

当我用手触摸它,与两千六百年前的
雕刻师相遇。当我长时间抚摸它
古族的思想像水雾一样在草场上弥漫
……

白鹿如雪,黑鹿如夜
它们奔跑,就像白天和黑夜

两千六百年后,我们在青格里相遇
草场碧波涌动,河流铺满群星
我从梦里逃进石头
我们曾度过一夜

七

神鹿飞回宫殿,斯基泰人消失了……

在阿尔泰山我对鹿石表达敬意
学习他们对"向死而生"的参悟
相信石头不开口在说话,相信
萨满"预言过今天"

伟大的太阳神殿,我来自龟兹佛国
像一页经卷供养一首诗
当一页经卷遇见另一页经卷
我们共同供养的诗,睁开先知般的眼睛

八

我们将得到庇佑,成为吉祥的人
在这里,我什么都没有留下
只留下三句诗行

"我们都有一座寺庙,用于修炼孤独"

"在这里,我获得的安宁胜于慰藉"

"你用古老的忧伤,医治了我现在的不安"

荡口古镇

一

记得吗,荡口古镇的摇橹船
翠柳垂着发丝,像一面碧玉镜子
吴侬软语太细,像雨
数不清,数古楼上的灯笼
太多,一不小心就数进了前世

二

我也是一个摇橹的人
我摇的不是舟,是烟雨
波光洒了一路,碰出碎银的声音
很轻。像一个女子轻咬唇齿……昆曲如缕
我也是从昆曲中走出的女子

执一把静好的团扇

三

我被一枚孝义的月亮爱过
也被恍如隔世的灯火爱过
在千虑桥的流水声中,百愁已解
再听摇橹声,已是身轻如燕
我也是从荷塘月色中走出的女子
一身青衣,走在长长的古巷

四

时光停在文昌路的清风里
屋角的风铃敲啊敲
我们都是从阿婆梦里走出的女子
水光,烟笼,薄纱
在荡口古镇,我把前世今生

重新爱了一遍
那个坐在文昌桥上的女子
和我是同一个人

谣 曲

一

有时候我很担心月亮会掉下来
有时我觉得天上的月亮
是水里月亮的影子

二

北斗星刚好长在我家麦垛的上面
只有长在我家麦垛上的北斗星是我的
后来,不论我走到哪里
都会看到北斗七星跟着我

三

星星只爱我老家的捞坝
累的时候,就睡在水草上
蝌蚪用嘴顶顶她
她就伸个懒腰
我长大了,人们再也不用捞坝了
星星就再也回不来了

四

在塔村,客栈上的月亮是沉默的
山顶的风是沉默的
如果还有一个沉默的人
他不是我的祖父,就是我的恋人

五

库车河的石头只在河底开花
却勒塔格山顶的星空
只在五月亮如白昼

六

苏巴什河畔的杏花开过第十三次
你就会遇到淘米的我

七

顺着我手指的地方
就能看见两座互相致歉的山
像两个人

八

如果松柏从石头长出
我就叫它石松
如果你读懂了一颗眉心痣
就把时间的灯拔亮一点

五粮曲子

一

四千年后,它依然来自古代
这古蜀大地上的曲子
它是《离骚》和《九歌》里的悲壮
《楚辞》里的众人皆醉我独醒

它是岷江三千雨水和金沙江的雪
长江九曲十八弯养育的粮仓

它是《诗经》里的蜀黍、大米
《史记》里的荞子、高粱和糯米
它是仰韶文明遗落的一粒种子[1]

---

1 仰韶村遗址出土的尖底瓶,为距今五千到六千年仰韶文化中晚期的酿酒器,瓶中的残留物被认为是以黍、粟、水稻、薏苡、野生小麦和块根类植物为原料制作的发酵酒,为新石器时期我国的酿造术史填补了空白。

它是《尚书》里的曲蘖[1]
甲骨卜辞[2]里的酒黍
重碧春酒[3]里放下忧思的杜甫
姚子雪曲[4]里把酒问青天的苏东坡

二

曲子!

我们翻阅群山,阅读江河的走向
山脉的陡峭,与一万年前的

---

1 曲蘖,指酒曲,是我国最早的原始酒曲。《尚书·说命下》载:"若作酒醴,尔惟曲蘖。"
2 甲骨卜辞,中国商周时期刻在龟甲兽骨上的文字,有"酒黍登辛亥""辛酉酒黍登"的卜辞,说明酒与谷物关联。
3 重碧春酒,唐朝时五粮液的前身。
4 姚子雪曲,宋朝时五粮液的酒名。

双沟醉猿[1]相认

它的骨骼上还留着远古的酒香

八千六百年前大莘遗址出土的红陶三足钵[2]

那是祖先最早的盛酒器

而二里头博物馆里

一只包浆的华夏青铜爵[3]

足可照见先秦大器上汉字

历史的长河中

曲子,从未缺席过任何一场春秋往事

三

曲子!

---

1 双沟醉猿,在双沟下草湾距今一千八百万年前的古猿化石骨骼中发现的酒成分,被认为是中国最早的天然酿酒,由中科院命名。
2 红陶三足钵,大莘遗址出土,距今约八千六百年,是中国目前发现的最早的实用饮酒器具之一。
3 1975年出土于二里头、现藏于二里头夏都遗址博物馆的乳钉纹铜爵,是中国最早的青铜酒器,被称为华夏第一爵。

是谁在农耕的先河里
撒下第一粒种子,是谁
在远古的石器上打磨第一轮明月

是谁在秦砖汉瓦里窖存一坛蒟酱
又是谁
从唐风宋韵里捧出一碗五粮曲子

船工号子运来宋朝的捣米声
我看见酿酒师在宜宾城安乐泉取水
在月亮上酿酒
我看见一捧高悬的五粮曲子
是照见古今的镜子

四

曲子!

诗人们还在戎州[1]吟诗
还有一些留在了叙州[2]的竹林，隐名埋姓
他们的毛笔里藏着一部五粮秘笈
和"一粒一粟，一粥一饭"的天下道

曲子，我也是个心怀天下的诗人
骨子里多了居安思危的忧患
身体里装着日月星辰
二十四朝的起起落落和一座粮仓

五

曲子！

五种粮食里装着二十四节气
和一条古老的河流

---

[1] 唐朝时宜宾曾称为戎州。
[2] 宋朝时宜宾曾称叙州城。

五种粮食里有祖母的家,生生不息的风
和浩大的文明

沿岸的稻谷结出大地的颂词
和祖父的忧悒
而月亮知道世间所有的秘密

曲子,如果我在姚子雪曲里遇见苏轼
他会不会认出我是一千年后的诗人
如果我在江边遇到年少的杜甫
他的诗行里
会不会多出另一种忧思

六

曲子!

我在昆仑山的明月里举杯
就能与翠屏山对饮

那个在山间投石问路的人
她的背包里装着秋风和杯盏

我们是月亮遗落人间的诗人啊
你看，月亮里的阿婆
是不是桂树下酿酒的人

曲子，我们从史册里走出
从古树皮上找到时间之蜜
从贾湖骨笛里找到文明先声
从青铜何尊"宅兹中国"里找到自己

龟兹明镜

(后记)

一

一叶舟,停泊白银的塔克拉玛干。她用绿色装扮音乐的顶棚,她在天空和大地的蓝里,打捞闪光的沙砾。她用舞蹈唤醒石窟击鼓的飞天。她,是禅宗里镀金的圣像。她,是缀结在丝路上一枚闪亮的铜扣。

我仰望过,俯视过,龟兹的血液,龟兹的气质。在二十四节气里用二十四种方式,这沧桑的老者,血气的汉子,古典的少女。何时,我的血管里注入了她的成分,而我们一起在天山雪神的泪水里,洗去浮华、尘埃。

我更愿意说:龟兹是古典的少女,穿着亚麻色长裙的女子。她有着中原、印度、希腊、波斯的气质。雨水、雪、伟大的太阳,锻造她的意志。一副明净的面容。

二

在这里,一只白鸽比我更懂大漠孤烟的苍凉;比我更懂干枯的玫瑰,碱草,麻雀失去歌喉的正午和克孜尔尕哈烽燧耀目的赭红。

一只蜂鸟比我更理解雅丹地貌苍老的手掌,牧羊人手纹里的雨水和草籽,一曲高亢的十二木卡姆暗含的悲伤和欢欣?

长风、白沙,如海浪般安抚陈旧的竖琴。

今夜,我想枕着黄昏的玉枕收拢夜的寂静,我要在天籁交响里借繁星的眼睛,以女性的忠贞,在大地的斗篷上织下爱情。

今夜,泪泉的遐思在星辰上走动,河流缀满不朽的银辉,她在母亲般地缓缓呢喃:远去的夜啊,为我斟满星辰的杯盏,让我醉去吧,在这布满星斗的海洋。

在龟兹,歌者如行走的星辰,赞唱一堵风沙雕饰的城墙,一只荒凉的罗盘,一树去年的杏花。

而我,愿是她长发上的蓝鸢尾。

一本书打开一个世界

欢迎订购、合作
订购电话：0571-85153371
服务热线：0571-85152727

KEY-可以文化

浙江文艺出版社

京东自营店

关注 KEY-可以文化、浙江文艺出版社公众号，
及浙江文艺出版社京东自营店，随时获取最新图书资讯，
享受最优购书福利以及意想不到的作家惊喜